要求很多的餐廳

宮澤賢治經典童話集

宮澤賢治 著
楊宛靜 繪
李毓昭 譯

晨星出版

目錄

作者介紹——大提琴手宮澤賢治

文／廖惠玲

文學是人類的心靈資產之一，可以呼喚人們純淨而具幻想力的心靈。在科技發達的時代，不只可藉著文字來接觸童話，還可以透過電視電影來觀賞卡通的童話世界。但文學的魅力並不輸給這些電訊科技的藝術，文學自有其想像而遙闊的世界。第一次看到宮澤賢治筆下童話的卡通電影是「大提琴手高修」，我被裡頭逗趣、個性鮮明的動物們給深深吸引，以及，最後大提琴手高修那場精彩的演出。卡通電影裡處理起來有著完全不同的方法與藝術，文學亦同。任何的藝術都要處理真實，我忘卻自己看過的卡通，回到閱讀本身，與文學的心靈接觸時，宮澤筆下的「高修」變成了我的幻想人物，那些動物在我的想像國度裡徜徉著。

詩人的生命藝術

宮澤賢治，一位具有詩人情懷的藝術家，也是熱忱的宗教家，或是教育家，更是日本家喻戶曉的童話家，透過他純淨善良的心，整合出一幅具有悲天憫人的世界。宮澤賢治在三十七年的生命裡，致力於他心裡美好的理想，卻不淪為一個空想的等待。他的一生可謂孤獨，我們可以由他的字裡行間嗅出那股寂靜，來自生命本質的孤獨。在這股生命本質的孤獨與寂靜所散發的氛圍中，他繪製著屬於美好世界的圖畫，一字一字建構出對世界充滿希望的理想。

北方的歸隱

我們想像著，宮澤在日本的東北嚴寒之地，懷著比任何人還堅定而熱情的心，默默疾筆奮寫著這個世界在他的靈魂裡所留下的、所撞擊的、所要訴說的……。

宮澤三十歲後投入農場的生活。現實世界裡他過著農人樸實的日子，看似隱居，實際上他的心靈更是純淨得如出世的仙境，即便如此，他仍舊相當熱忱地關注當地農人的生活。宮澤拋開他富裕的出生背景，三十歲時獨居自炊，過著簡樸的生活。他日夜為農務奔走，為了教育，為了理想，三十二歲時身體已染肺疾。後來坐臥病榻中，他仍寫詩以志其心。

旅程

宮澤賢治於西元一八九六年八月二十七日出生於日本的岩手縣稗貫郡花卷川口町（即現今花卷市豊澤町），為宮澤家的長男，還有一位差他兩歲的妹妹宮澤年。父親宮澤政次郎為當地市町議員。宮澤為花卷一帶的名望家族，家境富裕。宮澤一開始是創作短歌，他早期的短歌顯現出佛教思想與其個人的憂鬱特質。他熱愛大自然，自小開始收集植物與礦物，作品也充斥著心與外物世界的觀察。

他二十二歲時畢業於盛岡高等農業學校本科，後來又成為其校的研究生，投注於地質、土壤與肥料的研究。高等農業學校本科畢業後，他就奉派從事岩手縣稗貫郡的土地調查，同時也開始吃素，持續五年。接著，他開始創作許多童話故事，如「雙子星」、「蜘蛛、鼻涕蟲與狸子」、「貓」、「貝之火」、「三人兄弟的醫生與北守將軍」。二十四歲的宮澤在花卷市的長久寺向佐藤祖林參禪，並

▲父親

▲母親

▲妹妹 (21 歲)

加入日蓮主義的國柱會而開始傳播佛教思想。二十五歲時，宮澤的父母親勸望他改變宗教信仰，當時他離開家裡上京，立志以寫作為生，並在此時接受國柱會的高知尾智耀的建議，發願以文學來傳布大乘佛教思想。宮澤進入大量創作的時期，作品有童話、短歌、短文等。短篇的創作如「電車」、「圖書館的幻想」；童話「月夜的電線桿」、「橡子與山貓」等。

▲中學時的宮澤賢治

而與宮澤感情深篤的妹妹——宮澤年因病危，宮澤才回到家鄉照顧妹妹。他這時第一次接觸了西方的「交響樂」，宮澤敏銳的文學心靈深受震撼，音樂以一種激盪的世界讓宮澤第一次寫下了他的詩作「春與修羅」。回到了家鄉，宮澤寫詩、創作童話「要求很多的餐廳」、「狼森、爪森與盜森」、「渡雪」、「烏的北斗七星」等。宮澤回鄉後在岩手縣花卷農校教學。

二十六歲後，宮澤仍大量創作，平時不是教書，就是立案急筆，寫詩寫歌寫童話。而在這一年，他摯愛的妹妹因病過逝，年僅二十五歲，宮澤悲慟逾恆，創作詩作「永訣的朝」、「松針」、「無聲慟哭」等以悼念其妹。妹妹的去世對宮澤往後的創作有重大影響。

▲ 5 歲的宮澤賢治與 3 歲的妹妹

直至三十歲，宮澤決意一人於花卷櫻町獨居自炊，並在附近開墾耕作，並兼職花卷農校附屬的國民高等學校的講師，教授「農民藝術論」。不久他辭去教職，與當地的年輕人組織「羅須地人協會」，全心開始教授青年農民稻米耕作法與自然科學，著寫了「農民藝術概論」的講義；並於花卷市近郊開設數間「肥料設計事務所」，以指導田地耕作。從此，宮澤投入他大量的熱情與信仰意志，結合大自然與他個人的文學敏感，以文字表現他那顆超脫的慈悲心腸。在這階段，宮澤的創作生涯以踏實而繁忙的生活為根底，他與當地農民生活合在一起，除了教授還著寫講義。在當時他接觸到下層農民的生活，看見農民生活的艱苦，一心一意決意要改善農民的生活。他不認為改善農民的生活是要著重政治或經濟的改革，而是要逐一地改變農民的意識，讓農村變成現今所謂的「樂土」，讓每個人都勤勉向學，人人和平相處。這是他與那些年輕農人組成「羅須地人協會」的目的。農村生活簡陋而刻苦，宮澤卻以其為樂，與農民的相處、農耕的勞動、農村的生活……都成為宮澤筆下的世界。宮澤三十歲後的創作有童話「貓咪事務所」、「三人兄弟的醫生與北守將軍」（發表）等，以及大量的詩作包括「奏鳴四一九」、「春與修羅」第三集、「三原三部」、「遠足許可」、「住居」、「早春獨白」……等。

實踐生命

宮澤的文學影響著許多人的心靈，任何心靈皆具有感受世界的能力，而任何能直指心靈的藝術皆能打動人們的心。真實的藝術即是如此。真實的藝術根植於真實的心靈、真實的生命與生活而不容虛假。在宮澤的文學作品中，他對生命的透視是真實而真誠，對生命擁有美好的信仰，無任何妥協於欺瞞世人的意志。安德烈·塔可夫斯基說：「這是人活著的不自由，活著，意即要負擔起對生命道德理想的堅持。」任何的虛偽與妥協作假，皆不敵時間歷史的試煉。宮澤的心靈如同許許多多具有真實心靈之文學家、藝術家，留下美好的心靈，完成自我實踐的人生。

結語——慈悲的情懷

所羅門王的戒指上刻著：「一切終將逝去。」世間萬物在虛幻的夢中消失，人們與萬物終將一去不再。我們能擁有當下、追求心靈的永恆亦是一場奮鬥。如同佛家「安住如幻夢」的生命哲學，宮澤一生受佛教大乘思想影響深遠，因而投注了一生的祈禱與慈悲的情懷，立志以文字傳達大乘思想，將生命超脫的理想投入生命的藝術。以人類的眼睛來看，宮澤一生只有三十七年的光景，但他生命的價值卻並非只是這三十七年，他專注地投入一生，將生命視為珍貴理念並加以傳達。生命不是思考也不是任何形式的解釋與辯論，生命是觀察，生命是體現。生命如此的深奧，任何明白這個真理的人都能夠如是體會。宮澤的生命是屬於詩人的，縱然孤獨，他的詩歌與童話卻是他意志的表現，他不對生命解釋，他僅呈現生命的寓意與本身。因為詩人對生命的誠摯，他的文字都呈現出不造作的真誠，處處流露出樸質而迷人的特質。詩人對土地的情感、對大自然的熱情，如同母親的溫柔與細膩，如同夜晚繁天星空的美麗，也如同菩薩般的月色純淨籠罩世間。

導讀一　值得珍藏與品味的童話瑰寶

東吳大學日文系副教授 張桂娥

宮澤賢治在百年前留下眾多童話經典，他的童話世界充滿了奇幻與哲思，晨星出版的《要求很多的餐廳：宮澤賢治經典童話集》萬中選一，收錄〈要求很多的餐廳〉、〈貓咪事務所〉〈大提琴手高修〉、〈橡實與山貓〉、〈開羅團長〉等五篇珠玉，皆以別出心裁的故事情節探討人性、生命、社會與自然的深層意涵。

宮澤賢治以獨特的敘事手法，呈現出荒誕中的真理與幽默中的反思，讓讀者在奇想天外的故事場域中獲得智慧啟發。這些充滿寓意的童話，不僅是青少兒童們流連忘返的幻想樂園，讓人深切感受與自然和諧共處的重要性；也是成人再思生活的哲理之鏡，傳達恆遠古今的箴言暖語，對於今日宇宙眾生然具有深遠意義，是一套值得珍藏與品味的童話瑰寶。

〈要求很多的餐廳〉

〈要求很多的餐廳〉是一篇充滿奇幻與懸疑元素的童話，敘述兩位來自大城市的紳士在享受休閒狩獵途中「意外」迷路後，進入一家「要求很多的餐廳」所經歷的奇特遭遇。這篇童話的魅力在於作者宮澤賢治運用了推理小說般的敘事手法，逐步揭露出紳士們被提出各種「要求」的真正目的。隨著驚悚情節的發展，讀者逐漸意識到這家餐廳並不是普通的餐館，而是山貓（獵物）精密設計的陷阱，目的是誘使紳士（獵人）們逐步變成餐桌上的佳餚美味。這種翻轉主客角色的設計，不僅增添了故事的懸疑感，也觸發讀者對社會階級與道德的深刻反思，蘊含深刻的寓意。

當人類肆無忌憚地剝削自然時，自然終將以同等方式回擊；以獵殺野生動物為樂的紳士們自信滿滿地闖入大自然，在不知不覺中成為了「獵物」的盤中飧。宮澤賢治透過戲劇性的情境轉置手法，批判了人類的貪婪、自負和對自然的肆意破壞；藉此警示人類：驕傲自大的行為可能會招致不可預見的後果，提醒我們應該尊重和敬畏大自然，謙虛面對自己無法完全理解的異世界。

〈貓咪事務所〉

宮澤賢治透過〈貓咪事務所〉揭示社會中的霸凌與不公。故事情節雖然簡潔，但卻充滿戲劇性的真實感。故事開頭透過書記貓們之間看似平靜卻暗潮洶湧的同儕互動，巧妙展現了社會中普遍存在的外在歧視和人際關係的糾葛，讓讀者感受到弱者的無助與孤立。資深職場前輩貓群因忌妒竈貓的才華與努力，以外貌為藉口貶抑排擠竈貓，甚至連最初對竈貓釋出善意的直屬長官（事務長），也因為受到下屬書記貓們的讒言煽動而變得冷酷無情，甚至坐視霸凌舉止蔓延。這種對弱者的壓迫和順從權威的行為，正是作家宮澤賢治長期批判的社會現象。

在童話結尾，獅子的出現象徵著一種正義的力量，強令解散那間常態性上演霸凌惡戲的事務所。然而，這樣的結局也帶來了深思：是否所有霸凌問題都能以這樣激烈的方式解決？作者似乎想透過這個結局提醒讀者：霸凌不僅會摧毀被霸凌者的生活，也會對整個職場或社會大環境帶來無法修復的毀滅性傷害。

對於讀者而言，〈貓咪事務所〉不僅是一篇描述霸凌事件的童話，也是一篇勾勒人性殘虐與卑劣陰暗面的黑色寓言。作者利用貓族世界來映照人類社會的現實，提醒讀者要對周遭人事物多一些理解與同情，不要因為他人的不同（特別傑出或異常拙劣）而排斥或傷害他們。這篇童話強調了維持中立與執行公義的困難與重要性，也讓我們思考在面對不公時，應該如何行動才能真正改變現狀，避免悲劇的誕生。祈願青少年讀者透過這篇童話，反思當今社會角落浮現的不公不義，學會如何成為一個更善良、更有同情心的人。

〈大提琴手高修〉

不同於前兩篇童話，〈大提琴手高修〉是一篇情節相對簡單卻充滿多層次寓意的小品童話。故事描述了一位技藝欠佳、個性孤僻的樂團大提琴手高修，意外與一群對音樂有著敏銳感受力的動物們展開互動而逐漸成長的過程。高修起初對動物們持有輕視的態度，而動物們也並非無條件接納高修，作者透過動物與人的互動，展現彼此對音樂的愛好與需求，讓高修逐漸意識到自己音樂素養的不足，並開始尊重這群看似卑微卻不平凡的獨特生命。當他漸漸開放心態、嘗試接受他人意見的過程中，音樂成為跨越物種溝通的強力工具，每一個環節都讓高修的琴藝逐漸提升，也讓他在人際關係中變得更加自信、溫暖與成熟。

〈大提琴手高修〉在童話創作手法上，作品成功地融合了虛構與現實；簡單易懂的敘事風格中，蘊含了深刻的哲理。每個登場角色都象徵著某種特質或寓意，不僅為故事增添了趣味性，還給予讀者深刻的思考空間。這種以音樂為媒介，連結人類與自然的敘事方式，為故事增添了詩意和哲學性，向讀者訴求人際共鳴與和諧共生的重要性，使得這篇童話具有永恆的魅力。這是一篇適合青少年兒童與成人一起閱讀和思考的妙趣佳作，相信現代讀者可以透過文字悅聽高修悠揚的大提琴弦音，深切感受作者對生命的深刻洞察。

〈橡實與山貓〉

宮澤賢治的〈橡實與山貓〉是一部充滿深層寓意的童話，藉由生動的敘事手法，將讀者引入一個充滿奇幻色彩的異界。故事以小男孩一郎為主角，透過一封神秘的邀請函，他被引導到山貓主持的橡實裁判：調解並評斷「橡實間比較誰更優秀」的爭執。雖然，山貓為何選擇一郎作為裁判的動機不夠明確；且橡實們的期望與最終結局之間的聯繫模糊，可能讓讀者難以理解故事的核心意圖，但被選為裁判的一郎最終決定：「沒有一個橡實是優越的」，而順利平息了懸宕多日的紛爭泥淖。

在敘事手法上，〈橡實與山貓〉充滿了象徵與隱喻。故事將現實世界與異界無縫接軌融合，賦予了天地俯拾即是的普通物體：如橡實、馬車、花草等全新的生命和意義。這種天馬行空的幻想世界，不僅增添了故事的趣味，也使故事具有深奧的哲理意涵。橡實們失去金色光芒的結局象徵了過度競爭和比較所帶來的喪失與身心耗損，而旁觀者一郎的選擇則反映了超越比較的清明智慧。

這篇童話的成功之處在於其生動的想像力與豐富的隱喻，能夠吸引讀者進入一個既陌生又親切的世界。作者透過一郎的純真心靈，展現出面對複雜世界的單純與正直，這種精神在當前科技當道的數位化社會中深具啟發意義。當代青少年讀者可以透過這篇童話建構「超越比較、尊重獨特性」的價值觀，並思考「與他人競爭」背後的意義。相信閱讀這篇童話，能夠幫助讀者思考如何在競爭中保持真誠與善良，也讓未來社會棟樑理解面對充滿變化的明日世界，內心的純真比外在的勝負更為重要。

〈開羅團長〉

〈開羅團長〉是一個充滿想像力和深刻寓意的童話，描繪了雨蛙們從快樂工作到被壓榨勞力，再到重獲自由的經歷。故事情節既有趣又引人入勝，從好奇的雨蛙們踏進田蛙酒店的瞬間開始，讀者們被生動的角色造型和高潮迭起的驚悚冒險氛圍所吸引。然而，這個看似幽默諷刺的童話，實際上隱藏著更深層的社會意涵。

故事中的田蛙代表了壓榨者，為了追求自己的利益，設計巧妙圈套迫使天真的雨蛙們付出慘重勞動代價；故事後段大王適時的出現則象徵著公正和法律的力量。當大王頒布新法令，要求所有命令必須符合實際可行性時，這不僅是對高壓榨取勞力惡行的制止，更是對公平與人性的捍衛。最後，當雨蛙們願以同理心寬恕施壓者，並選擇幫助曾經壓榨他們的田蛙時，這個故事傳遞出了寬恕與包容的力量。

對於二十一世紀的台灣青少年讀者而言，〈開羅團長〉不僅僅是一篇虛構的精采童話，更是一部學習如何在面對不公時保持善良與寬容的經典。透過這個故事，讀者們可以理解到：每個人都應該被公平對待，而真正的力量來自於善意、寬容和理解他人的心。

導讀者——張桂娥

花蓮人。東吳大學日文系副教授，教授文學與翻譯課程；同時致力於日本兒童文學研究與優質好書之翻譯介紹。導讀專書有《品味日本近代兒童文學名著》（寂天文化）；翻譯作品有《岩崎知弘繪畫的33個祕密：溫潤彩筆下的純真童年》、【星期天的教室】系列作品、《世界上最棒的貓》（小麥田）、《歡樂無比，精彩爆笑的每一天！佐賀阿嬤教我的事》（青林）等近五十冊。

希望將來能為小朋友譯介更多精采的作品，更期盼透過翻譯，與孩子們共享閱讀日本兒童文學的樂趣。

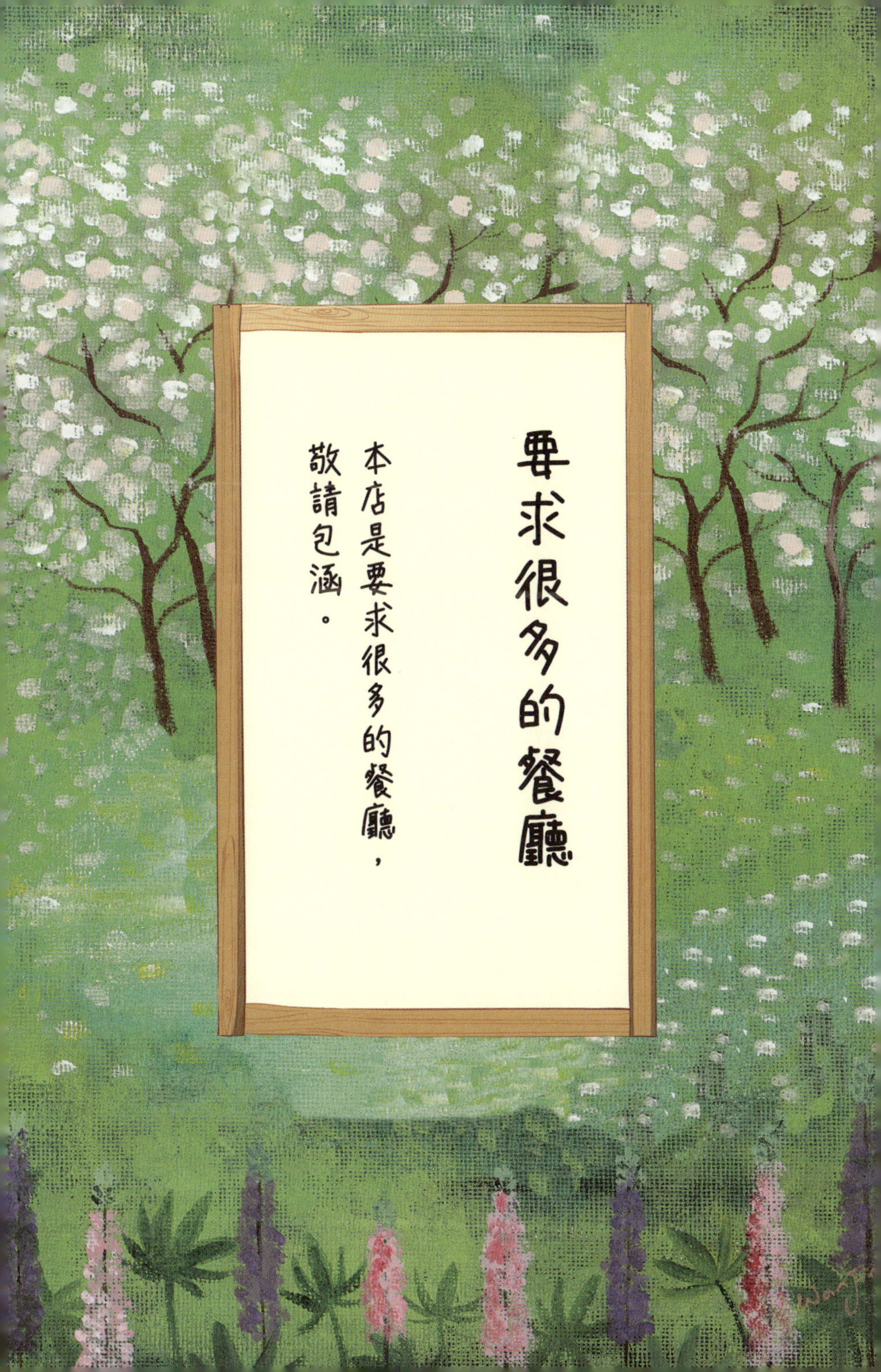
要求很多的餐廳
本店是要求很多的餐廳，
敬請包涵。

兩個外表一如英國士兵的年輕紳士，扛著亮晶晶的槍，帶著兩隻長得像白熊的狗，在很偏遠的深山裡，踩著沙沙作響的枯葉，邊走邊咕噥地說道：

「這裡的山真是不像話，連一隻鳥或野獸都沒有。不管什麼動物都沒關係，我只想快點砰砰打幾槍。」

「如果能在鹿的肚子上打上兩、三槍，不曉得會有多痛快！我們這樣繞來繞去，可能會在哪個地方累得倒在地上。」

已經很接近深山了，連帶路的打獵專家也有點倉皇失措，不知道跑哪裡去了，可見這裡是多麼地偏僻。

而且，因為山區太可怕了，使得兩隻白熊般的狗同時暈頭轉向，呻吟了一陣子後，就口吐白沫昏死過去。

「這下子，我損失了兩千四百元。」一名紳士稍翻起一隻狗的眼皮後感嘆道。

「我是損失了兩千八百元。」另一名紳士很不甘心地低著頭說。第一個紳士的臉色有點發白，看著另一個紳士說：

「我想要回家了。」

「嗯，我剛好也覺得有點冷，而且肚子餓了，也想回家了。」

「那我們就在這裡掉頭吧。回去以後，還可以在昨天的旅館買隻十元的山鳥再回家。」

「那裡也有賣兔子，反正打的和買的都一樣。那就回去吧？」

可是，傷腦筋了，要從哪個方向走回去，一點頭緒也沒有。

風呼呼地吹，野草唰啦唰啦，樹葉窸窸窣窣，樹木沙沙地發出細細的聲響。

「肚子好餓啊，我從剛才肚子就痛得不得了。」

「我也是，真不想再走路了。」

「不想再走路了。啊，真糟糕，好想吃點東西。」

「好想吃啊。」

兩個紳士在沙沙作響的芒草中這麼說著。

這時不經意地往後面一看，有一間氣派的西式房子。

玄關上掛著一塊木牌：

「喂，太好了，這裡難得有這種店，我們進去吧。」

「哦，開在這裡好奇怪，可是不管怎樣，還是有什麼食物能吃吧？」

「當然可以囉，招牌上不是這麼寫著嗎？」

「進去吧？我再不吃點食物，就要

昏倒了。」

兩人站在玄關，玄關是用白色的瓷磚砌成的，相當氣派。前面有片玻璃門，上面有燙金字寫著：

不論是誰都請進去，絕對不要客氣。

兩人在那裡非常高興地說：

「看這裡寫的，這個世界果然很不錯，今天一整天雖然吃了些苦頭，卻也遇上了這麼好的事情。這裡雖是餐廳，卻可以免費吃頓飯哩！」

「看來真是這樣，『絕對不要客氣』就是這個意思。」

兩人推開門走進去。一進去就是走道。那道玻璃門的內側有燙金字寫著：

特別歡迎胖子和年輕人。

RESTAURANT
WILDCAT HOUSE

一看到特別歡迎，兩人更加高興了。

「喂，我們是特別受歡迎的人啊。」

「因為我們兩種條件都符合的關係。」

往走道繼續走，就是塗著藍漆的門。

「好奇怪的房子啊，為什麼有這麼多門呢？」

「這是俄羅斯式的，在寒冷的地方或山裡面都是這樣子的。」

兩人於是把門打開，上面有黃色的文字寫著：

本店是要求很多的餐廳，敬請包涵。

「看來生意很好，在山裡面耶。」

「這是當然的，像東京的大餐廳，開在大馬路邊的很少吧。」

兩人說著，打開那扇門。門的內側也寫著：

要求可能相當多，請多多忍耐。

「這到底是什麼意思？」其中一位紳士皺起了眉頭。

「嗯，這一定是在說，因為要求很多，要花很多時間準備，所以很對不起。」

「大概是吧。好想快點進房間裡去。」

「也好想在餐桌旁邊坐下來。」

然而，實在很麻煩，又出現了一道門。門邊掛著一面鏡子，下面放著一把長柄的刷子。

門上有紅字寫著：

賓客請在這裡梳好頭髮，然後把衣服上的泥土刷乾淨。

「這是應該的。剛才在玄關忘記把衣物拍乾淨些，因為是在山裡面就疏忽了。」

「這家餐廳對禮貌很講究，一定常常有大人物來。」

兩人於是把頭髮梳理好，再將鞋子的泥巴刷掉。

然後呢，當他們一把刷子放在板子上時，刷子在剎時之間變得朦朧不清，然後消失不見。風颼颼地吹進了室內。

兩人嚇了一跳，靠在一起用力打開門，進到下一個房間。這兩人心裡都在想，再不趕快吃點熱烘烘的食物恢復精神，身體很快就要受不了了。

門的內側又寫著奇怪的一行字：

槍和子彈請放在這裡。

仔細一瞧，旁邊有個黑色檯子。

「說的也是，沒有拿著槍吃飯的道理。」

「對，一定是經常有很出色的大人物光顧。」

兩人取出槍枝，解下皮帶，放在檯子上。

又出現一道黑色的門。

請脫下帽子、外套和鞋子。

「怎麼樣，要脫嗎？」

「沒辦法啊，脫吧。看來有相當尊貴的人在裡面。」

兩人把帽子和外套掛在釘子上，再脫下鞋子，接著啪嗒啪嗒地走進門裡面。

門的內側寫著：

請把領帶夾、袖釦、眼鏡、錢包、其他金屬類，尤其是尖銳的東西全部放在這裡。

門邊確實擺著一個塗著黑漆的漂亮保險箱，箱門是開著的，還附著鑰匙。

「咦，看來是有什麼菜會用到電氣，身上有金屬會很危險。這裡還寫著，尖銳的東西尤其危險。」

「是啊，這麼一來，結帳時是要在這裡付錢囉？」

「看來是這樣。」

「一定是的。」

兩人摘下眼鏡，解開袖釦，全部放進保險箱，啪地一聲上了鎖。

稍往前走，又有一扇門，前面放著一個玻璃壺。門上寫著：

請把壺裡面的奶油均勻塗在臉和手腳上。

仔細一看，壺裡面的東西是牛油。

「叫我們抹奶油是什麼道理啊？」

「這是因為外面非常冷，室內太暖和的話皮膚會裂開，所以要先預防。看來是有很不得了的人在裡面。也許我們意外地可以在這種地方接觸到貴族。」

兩人把壺裡面的奶油塗抹在臉和手上，然後脫下襪子，腳也塗上了。因為還剩下一點，兩人又各自假裝要塗在臉上，偷偷吃了下去。

然後急急忙忙把門打開，門的內側寫著：

奶油都塗好了嗎？耳朵後面有沒有塗？

這裡也放著小小一壺奶油。

「對、對，我沒有塗耳朵。差點就要讓耳朵裂開了，這裡的主人考慮得還真周到。」

「啊，連這種細節都注意到了。話說回來，我真希望快點吃到什麼東西，老是在走道上走動，也不是辦法。」

這時他們面前又有一扇門，上面寫著：

菜馬上就好了。

絕不用等上十五分鐘，馬上就可以吃了。

請快將瓶子裡的香水灑在你們的頭上。

門前擺著金光閃閃的香水瓶。

兩人於是把香水咻咻往頭上噴灑。

可是，這香水的味道實在很像醋。

「這香水好奇怪，有點像醋，為什麼呢？」

「裝錯了啦。女傭可能感冒了，才會搞錯。」

兩人於是打開門，走了進去。

門的內側有大字寫著：

要求這麼多，你們一定覺得很囉嗦吧，真是抱歉。

最後一個要求是，請把壺裡面的鹽搓進身體裡面。

確實有個漂亮的藍瓷鹽壺擺在那裡。這回兩人都猛然一驚，互相看著對方塗著奶油的臉。

「真的很奇怪。」

「我也覺得很奇怪。」

「要求很多原來是指他們對我們的要求。」

「所以呀，我認為，西式餐廳不是讓客人吃西餐的地方，而是把客人當成西餐吃。這也就……就……就……就是說，我……我……我……我……我們……」

他哆哆嗦嗦地顫個不停，話都說不下去了。

「我……我……我們就是……哇！」另一個也哆哆嗦嗦地抖著，再也說不出話來。

「快逃……」紳士之一顫抖著想要推開後面的門，可是門卻一動也不動。

裡面還有一扇門，上面有兩個大鑰匙孔，刻成銀色的刀叉圖形，寫著：

真是辛苦你們了，菜已經做好了。

現在，請進到肚子裡面去。

鑰匙孔內甚至有兩個藍色的眼珠子在骨碌碌地打轉。

「哇！」哆哆嗦嗦。

「哇！」哆哆嗦嗦。

兩人哭了出來。

這時門裡面傳來竊竊私語的聲音：

「不行，我注意到了，他們好像沒有搓鹽。」

「這也難怪，老大寫的句子太明顯了，竟然寫著『要求這麼多，你們一定覺得很囉嗦吧，真是抱歉』這種蠢話。」

「怎樣都無所謂啦，反正他連骨頭也不會分給我們。」

「說的也是，可是如果那兩個傢伙不進來，我們就得負責呀！這可不行。」

「要不要叫他們？叫吧。兩位貴賓，快點進來，進來，進來呀。

盤子洗好了，菜葉也都用鹽搓過了，接下來就只要把你們和菜葉好好拌一拌，盛在白色的盤子上就行了。快點進來。」

「嗨，進來，進來吧。是不是不喜歡沙拉？既然這樣，我們就去生火，給你們油炸好不好？不管怎樣，快點進來吧。」

兩人因為太過於害怕，整張臉像被揉皺的紙似的，互相看著對方，全身打哆嗦，哭個不停，卻不敢出聲。

裡面傳來哈哈的笑聲，然後又開始叫喊：

「進來，進來啦。哭得那麼厲害，不就把難得塗好的奶油都沖掉了嗎？『是，剛剛弄好，馬上就給您送去。』好了，快點進來。」

「快點來，老大已經圍好餐巾，拿著刀子，正在流著口水等候兩位貴賓呢。」

兩人哭了又哭，哭了又哭。

這時候他們的後面突然傳來聲音：「汪、汪、汪！」

那兩隻白熊一般的狗衝破了門，闖進屋子裡來了。鑰匙孔裡的眼珠子立刻消失不見，狗兒們嗚嗚低吼著，在屋子裡兜圈子，然後又「汪」地大叫了一聲，猛然衝向下一扇門。門砰地打開，狗兒們彷彿被吸進去似的往裡面跳。

門的另一邊漆黑一片，有聲音說：「喵嗚，哇，咕嚕咕嚕。」

然後就是嘩啦啦的響聲。

屋子如煙霧般消失，兩人站在草地上，凍得直打哆嗦。

仔細一看，上衣、鞋子、錢包和領帶夾不是掛在那邊的樹枝上，就是散落在這裡的樹根旁。風颼颼吹著，野草沙沙作響，樹葉窸窸窣窣，樹木碰隆碰隆地發出聲音。

狗嗚嗚低吼著跑回來。

後面有聲音在叫：「先生！先生！」

兩人立刻提起精神回喊：「喂，喂，我們在這裡，快來！」

戴著斗笠的專門獵師唰唰撥開草叢走了過來。

兩人終於放下了心。

然後他們吃下獵師帶來的米丸子，在中途只花了十元買山鳥，就回東京了。

可是，回到東京以後，儘管泡了熱水，兩人之前嚇得變皺的臉卻再也無法恢復原狀了。

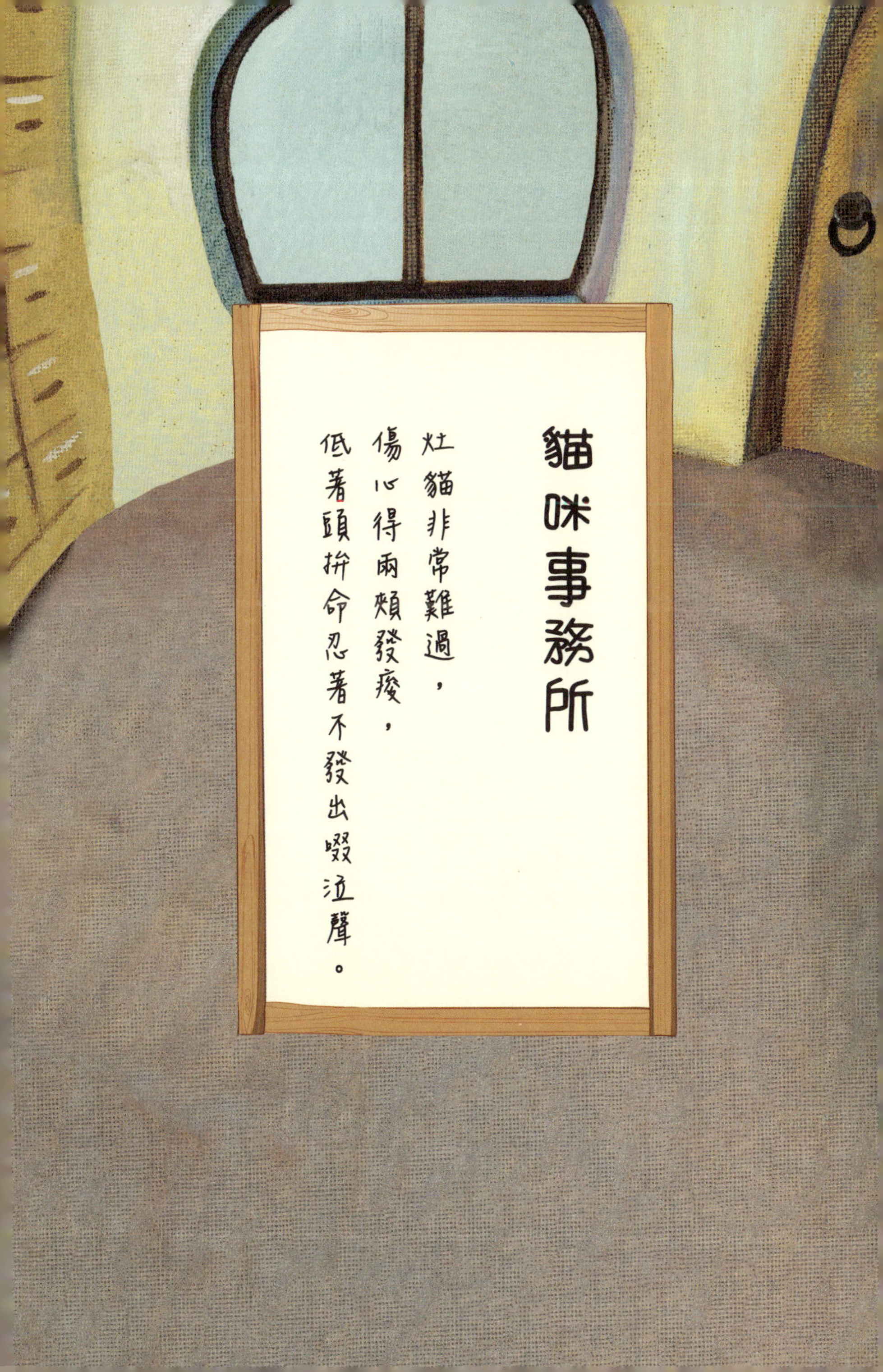
貓咪事務所
灶貓非常難過，
傷心得兩頰發瘦，
低著頭拚命忍著不發出啜泣聲。

這是關於一個小官署的幻想

在輕便鐵道停車場附近，有一間貓咪的第六事務所，這間事務所主要負責查詢貓咪歷史和地理事宜。

書記都穿著短短的黑色緞子服，深受眾貓的尊敬，因此一有書記因故離職，那一帶的年輕貓咪都會擠破了頭想要進到事務所工作。

然而，這間事務所的書記名額始終只有四名，因此每次只能在眾多應徵者之中，挑其中一隻字寫得最漂亮又會吟詩的貓咪擔任。

事務長是一隻大黑貓，雖然頭腦有點不清楚，儀表卻實在很出色，牠的眼眸好似中間嵌著好幾層銅線。

牠的部屬有：

一號書記　白貓

二號書記　虎斑貓

三號書記 三色貓

四號書記 灶貓

這隻四號書記灶貓，並不是天生就是那個模樣。不管牠生下來後是什麼貓，只因為牠習慣在晚上進到爐灶裡睡覺，身體總是被煤炭弄得髒兮兮的，尤其是鼻子和耳朵沾著漆黑的墨，看起來就像是狸一般的貓。

因為這個關係，其他的貓咪都很討厭灶貓。

可是在這間事務所裡，畢竟事務長是那隻黑貓，雖然這隻灶貓很明顯的，再怎麼用功讀書也不可能當上書記，卻還是從四十隻貓中被選了出來。

在寬大的事務所正中央，黑貓事務長很威風地坐在鋪著鮮紅色羅紗的桌子邊，牠右邊的一號白貓和三號三色貓，以及左邊的二號虎斑貓和四號灶貓都各自端坐在小桌子前的椅子上。

話說回來，貓咪的地理和歷史究竟有什麼用處，情況大概是這樣的：

某一天，有隻貓在叩叩敲著事務所的門。

「進來！」黑貓事務長把手插在口袋裡，身體往後仰，接著大聲喊道。

四名書記都垂著頭，忙碌地查看資料簿。

奢侈貓走了進來。

「什麼事？」事務長說。

「我想去白令海一帶吃冰河鼠，什麼地方最好？」

「嗯，一號書記，說說冰河鼠的產地。」

一號書記翻開藍色封面的大資料簿回答：「烏斯特拉高美那、諾巴斯開亞、弗撒河流域。」

事務長對奢侈貓說：「烏斯特拉高美那、諾巴……什麼的。」

「諾巴斯開亞。」一號書記和奢侈貓一起說道。

「對，諾巴斯開亞，還有什麼？」

「弗撒河。」奢侈貓和一號書記又一起開口，事務長因此顯得有些尷尬。

「對，對，弗撒河。那一帶應該不錯。」

「那麼旅行時要注意些什麼？」

「嗯，二號書記，你唸一唸去白令海旅行的注意事項。」

「是。」二號書記翻起自己的資料簿。「夏貓全然不適合旅行。」這時不知道為什麼，大家都瞥了灶貓一眼。

「冬貓亦需小心注意。在函館附近有被馬肉引誘之虞。尤其是黑貓若未在旅行中充分顯露貓之身分，往往會被誤認為黑狐，而遭人全力追殺。」

「很好，如您所聽到的，您既不是我這種黑貓，就不需要太擔心，只要在函館小心馬肉就行了。」

「是的，那麼當地有威望的人是誰？」

「三號書記，說說白令海當地有威望的人名。」

「是，嗯，白令當地……有了，是托巴斯基和甘佐斯基這兩個人。」

「托巴斯基和甘佐斯基是怎樣的傢伙呢？」

「四號書記，大概描述一下托巴斯基和甘佐斯基。」

「是。」四號書記的灶貓已經把短短的手分別插在大資料簿上記載托巴斯基和甘佐斯基的地方。對於這一點，事務長和奢侈貓似乎都很佩服。

然而，其他三名書記卻好像很瞧不起灶貓似的，用斜眼看著牠，還嘿嘿發笑。灶貓很認真地唸出資料簿上的文字。

「托巴斯基酋長有德望，眼睛炯炯有神，但說話有點緩慢。甘佐斯基是財主，同樣是說話雖有點緩慢，但眼睛炯炯有神。」

「這樣我就了解了。謝謝。」

奢侈貓走了出去。

✦✦✦

事務所的工作情況就像這樣，對貓族來說很是方便。但是，離上述這件事不過半年光景，這間第六事務所就要關閉了。原因可能大家都注意到了，就是前三名書記極端厭惡四號書記灶貓，尤其是三號書記三色貓對灶貓的工作垂涎三尺。灶貓雖然付出很多努力想要討好大家，卻只有反效果而已。

舉例來說，有一天，虎斑貓把中午的便當拿出來放在桌上，正要開始吃的時候，突然有了打哈欠的衝動。

虎斑貓於是把短短的兩隻手盡可能地舉高，大大打了個哈欠。這在貓族之間一點都不算是目中無人或無禮，就跟人捻捻鬍鬚的動作差不多，沒什麼大不了的。問題是虎斑貓踹了一腳，桌子因此有點傾斜，使便當盒滑了過去，最後砰地一聲掉在事務長前面的地上。便當盒雖然摔得凹凹凸凸的，但因為是鋁製的，所以沒有摔壞。虎斑貓急忙中止哈欠，從桌上伸手過去想要抓住便當盒，可是便當盒正好在好像搆得著卻又搆不著的地方，只能看著它滾來滾去，始終拿不到。

「你這樣不行，搆不著的啦。」黑貓事務長一邊吃麵包一邊笑著說。這時四號書記的灶貓剛好打開了牠的便當蓋，看到這個情形牠便立刻起身，把便當撿起來遞給虎斑貓。

可是虎斑貓卻突然大發雷霆，也不去拿灶貓好心遞過來的便當，就把手伸到背後，拚命搖晃身體，大聲吼道：「什麼，你要我吃這個便當啊？你要我吃這個掉到地上的便當？」

「不是，我是因為你想要把它撿起來，才幫你撿的。」

「我什麼時候想要去撿啦？嗯？我只是覺得掉在事務長的面前太失禮了，才想要把它收到桌子底下。」

「是嗎？我只是因為便當在地上滾來滾去……。」

「你這樣太無禮了，來決鬥……」

「喵嗚喵嗚喵嗚喵嗚！」事務長高聲叫道。這是為了不讓虎斑貓把話說完，才故意插嘴的。

「不行，給我停止吵架。灶貓應該不是要虎斑貓把便當吃下去才撿的。還有，我今天早上忘了說，虎斑貓的月薪加十錢。」

虎斑貓起初一臉凶惡的表情低頭聆聽事務長說話，聽到後面就開心得笑出來。

「吵到大家，真是抱歉。」語畢後瞪了旁邊的灶貓一眼，緊接著就坐下來了。

各位，我真同情灶貓。

然後過了五、六天，又發生了類似的事情。為什麼會不斷地發生呢？第一個原因是眾貓咪都很懶，第二個原因是貓咪的前肢，也就是手實在是太短了。這次是對面的三號書記三色貓，早上開始工作之前，牠的筆滾啊滾地掉到地上去了。如果三色貓立刻站起來撿就沒事了，牠卻因為懶得起身而像之前的虎斑貓一樣，兩手伸過桌子，想要把筆撿起來，而這次同樣也是搆不著。三色貓的個子又特別矮，牠把身體漸漸移過去，終於連腳都離開椅子了。灶貓因為之前那件事，一直都在閃著眼睛，猶豫著要不要去撿，最後還是看不過去，就站了起來。

可是，就在這個時候，三色貓的身體移得太過去，噗通一聲頭上腳下地從桌上跌下來。由於發出很大的聲響，黑貓事務長也嚇得站起來，從後面櫃子上取出提神用的阿摩尼亞水瓶。可是，三色貓立刻就站起身，氣沖沖地大吼：「灶貓，你這小子竟敢推我！」

不過這回事務長馬上就安撫了三色貓。

「不是的，三色貓，你誤會了。灶貓只是出於好意而站起來，根本沒有碰到你。哎，這麼小的事情，何必發那麼大的火。好了，嗯，山通灘的移居申請還沒辦，有了。」事務長開始忙牠的工作。這麼一來，三色貓也就只好開始工作，但還是不時把凶惡的目光投向灶貓。

事務所內的情況就像這樣，使得灶貓非常難受。

灶貓很想跟普通的貓一樣，也試過很多次在窗外睡覺，可是每次都會在半夜冷得打噴嚏，實在受不了，只好又鑽進爐灶裡。

灶貓之所以會這麼怕冷，是因為皮毛比較薄。那又為什麼牠的皮毛比較薄呢？因為牠是在立秋前十八天的暑伏天出生的。灶貓心想，

都是我不好，眞是沒辦法。圓圓的眼眶充滿了淚水。

可是，事務長對我那麼好，而且死黨都以我在事務所工作爲榮，爲我感到高興，所以再怎麼難受，我也不要辭職，一定要忍耐。灶貓邊哭邊握緊拳頭。

然而，連這個事務長也變得不太能夠信賴。這是因為貓這種動物看起來一副聰明的模樣，其實是很愚蠢。

✦✦✦

有一天，灶貓不幸感冒了，腳踝腫得有飯碗那麼大，實在沒辦法走路，只好休息一天。灶貓心裡面的痛苦簡直無法形容，牠哭了又哭，揉著眼睛凝視著從倉庫小窗戶透進來的黃色亮光，整整哭了一天。

在這同時，事務所裡面卻是這樣的情形。

「奇怪，今天灶貓還沒來，好慢啊。」事務長在工作的空檔說。

「什麼，牠大概是去海邊玩了。」白貓說。

「不對，牠應該是被邀去參加宴會了。」虎斑貓說。

「今天哪裡有宴會呢？」事務長驚訝地問道。牠心想，如果有貓的宴會，不可能沒有邀請牠。

「聽說北方有開學典禮。」

「是嗎？」黑貓默默想著。

「不知道為什麼，灶貓啊，」三色貓脫口說道：「這一陣子經常受到邀請。聽說牠到處張揚，下次牠會當上事務長，所以有一些笨傢伙很害怕，想盡辦法討好牠。」

「你說的是真的嗎？」黑貓怒吼道。

「當然是真的，您可以去調查。」三色貓噘著嘴巴說。

「不像話！那小子我一直很器重。好，我自有想法。」

事務所一時寂靜無聲。

到了第二天。

灶貓的腳終於消腫了，一大清早就興奮地頂著呼嘯的強風來到事務所，卻發現平常一上班就要摸摸封面的那本重要資料簿，竟然不在自己的桌上，反而分成三份擺在旁邊的桌子上。

「啊，昨天一定很忙。」灶貓不知道為什麼心跳加速，以沙啞的聲音自言自語。

喀嗒，門開了，三色貓走了進來。

「早安。」灶貓站著打招呼，三色貓卻不吭聲，坐下以後就很忙碌似的不斷翻著資料簿。

喀嗒、噗咻。虎斑貓進來了。

「早安。」灶貓站著打招呼，虎貓卻看也不看牠一眼。

「早安。」三色貓說。

「早，風實在很強。」虎貓也立刻翻起資料簿。

喀嗒，噗咻。白貓進來了。

「早安。」虎斑貓和三色貓一起打招呼。

「啊，早，風真是大啊！」白貓也好像很忙似的開始工作。這時灶貓無助地站著，默默行禮，白貓卻假裝什麼都不知道。

喀嗒、噗咻。

「呼，風實在是很大。」黑貓事務長走了進來。

「早安。」

三個書記立刻站起來行禮。灶貓也恍惚地站在那，垂頭行禮。

「簡直就像是暴風。」黑貓看也不看灶貓一眼就這麼說著，馬上開始工作。

「啊，今天要繼續昨天的工作，一查出安莫尼亞克兄弟的事，就必須回覆。二號書記，安莫尼亞克兄弟中，去南極的是誰？」工作開始了。灶貓默默低著頭。雖然很想說些什麼，但少了資料簿，牠再怎麼想也開不了口說話。

「是潘・波拉利斯。」虎斑貓回答。

「很好，給我詳細說明潘・波拉利斯的事情。」黑貓說。**啊，這是我的工作呀！資料簿、資料簿！**灶貓的內心淌著淚水。

「潘・波拉利斯，去南極探險的歸途，在亞普島的沙灘死亡，遺體已被水葬。」

一號書記的白貓在唸灶貓的資料簿。灶貓非常難過，傷心得兩頰發痠，低著頭拚命忍著不發出啜泣聲。

事務所裡逐漸忙得跟陀螺一樣，工作一件件進行著。大家只會偶爾往這邊瞥一眼，還是一句話也不說。

到了午休時間，灶貓也不吃帶來的便當，始終低著頭把手緊緊壓在膝蓋上。

下午一點開始，灶貓終於忍不住嗚嗚哭了起來。一直到傍晚為止，牠哭哭停停的，總共哭了三個小時。

然而，大家還是假裝什麼都不知道，繼續愉快地工作。

就是在這個時候。貓咪們都沒有注意到，事務長背後的窗口出現了一隻威武的金毛獅子。

獅子狐疑地往事務所內觀看了一陣子，突然敲了敲門走了進來。貓咪們都驚愕萬分，心神不寧地，只有灶貓見狀馬上停止哭泣，直挺挺地站起來。

獅子以宏亮渾厚的聲音說：

「你們在做什麼？那些小事情根本不需要地理和歷史。給我停止。對，我下令解散！」

事務所就這樣被廢除了。

我有一半贊成獅子的做法。

貓咪們都沒有注意到，事務長背後的窗口出現了一隻威武的金毛獅子。

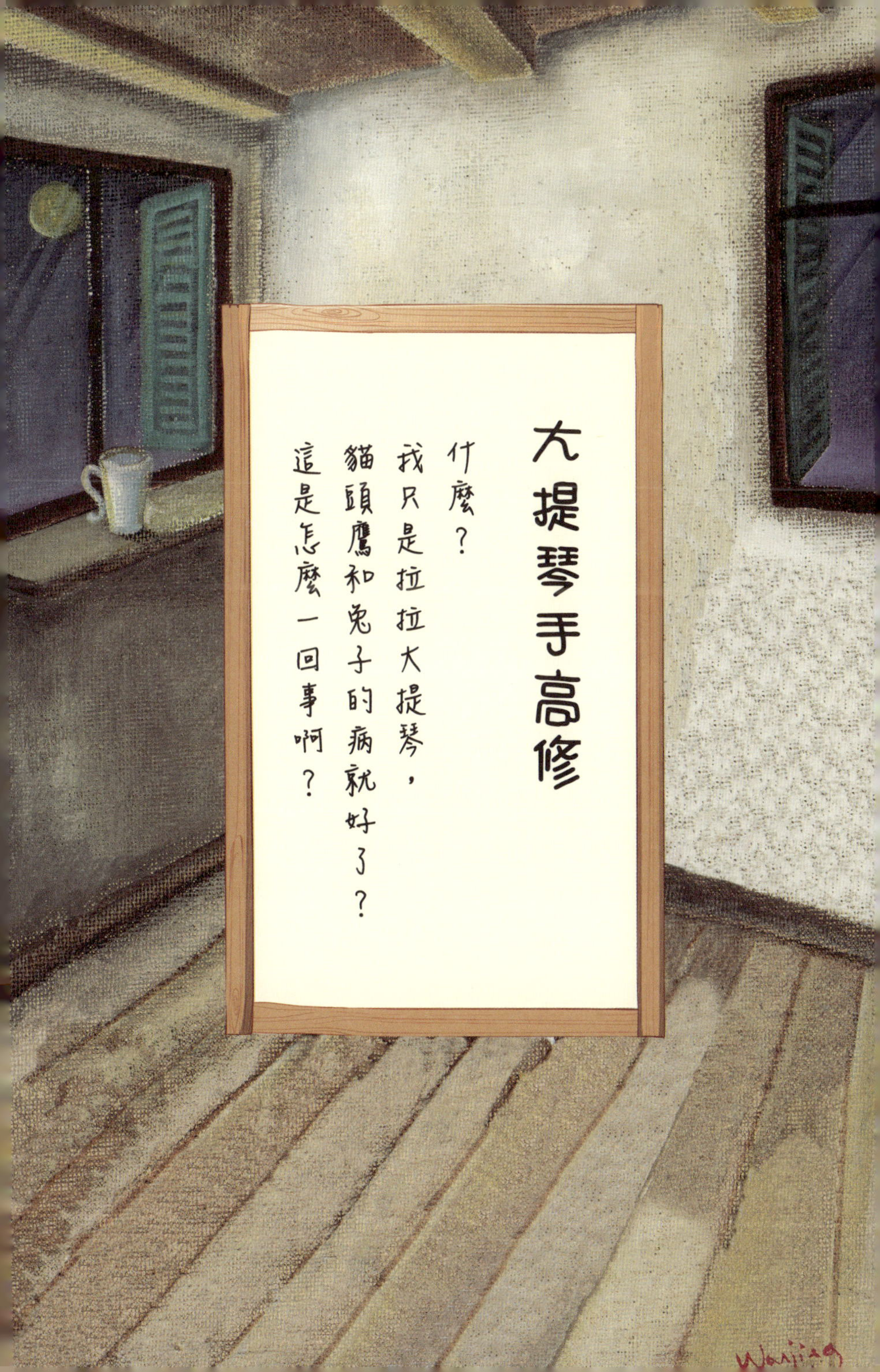
大提琴手高修
什麼？
我只是拉拉大提琴，
貓頭鷹和兔子的病就好了？
這是怎麼一回事啊？

高修在鎮上放默片的電影院拉大提琴，然而，他拉琴的風評卻不是很好。不僅拉得不好，實際上他是樂團裡琴藝最差的一個，因此老是被團長責備。

中午過後，大家都在後台圍成一圈，練習將要在鎮上的音樂會上演出的「第六交響曲」。

小喇叭認真地奏出旋律。

小提琴也發出宛如雙重音色的樂聲。

單簧管也嗡嗡地伴唱。

高修也緊抿著嘴，睜大了眼睛看著樂譜，專心拉琴。

團長突然啪嗒拍手，所有人都立即停止演奏，安靜下來。

團長大聲吼道：「大提琴慢了！Do Si Si，Si Si Si，從這裡重來一遍，好！」

大家於是從前幾個小節開始演奏。高修紅著臉，額頭流出汗水，好不容易完成剛才不對的地方，放下心來繼續拉下去時，團長再度拍起手來。

「大提琴的弦不準，真糟糕，我可沒有時間連 Do Re Mi Fa 都要教你。」

大家都很同情高修，故意盯著樂譜，或是彈撥自己的樂器。高修急忙調整琴弦。雖然是高修自己琴藝不佳，但其實大提琴本身的品質也奇差無比。

「從上一個小節開始，好。」

大家又開始演奏。高修也抿著嘴巴拚命拉琴。這次持續得相當久，高修正覺得情況很順利，團長又以威嚇的手勢拍起手來。**不會吧？**高修猛然一驚，幸好這次是別人出錯。就像別人在自己出錯時所做的，這時高修也故意將臉湊過去看自己的譜，假裝在思考著什麼。

「再來，從下一節開始。」

命令一下，音樂就出來了，團長卻用力跺腳，大吼道：

「不行，根本不成樣。這部分是曲子的心臟，你們卻演奏得這麼粗糙。各位，距離表演只剩下十天了，我們是專業的樂手，萬一輸給那些由蹄鐵匠、糕餅店學徒拼湊成的隊伍，以後臉要往哪裡放啊？喂，高修，你實在是傷腦筋哪，琴聲一點都沒有所謂的感情，喜、怒、哀、樂的情感完全表現不出來，而且沒辦法和其他樂器配合。每次你都好像拖著鬆開的鞋帶跟在大家後面，真傷腦筋哪，不好好拉是不行的。我們這個輝煌的金星音樂團如果因為你而受到不好的批評，其他人就太可憐了。今天就練到這裡為止，休息過後，六點鐘給我準時坐在演奏席上！」

所有人都行了個禮，有人叼根香菸點上火柴，有人自顧自走了。

高修抱著箱子似的粗糙大提琴，對著牆壁，撇著嘴巴，眼淚泉湧而出。不過他還是提起精神，單獨一個人靜靜地從頭拉起剛才的曲子。

✦✦✦

當天深夜，高修扛著一個龐大的黑色木盒回到自己的家裡。雖說是家，卻是位在鎮郊河邊已經毀損的水車小屋。高修一個人住在那裡，早上先在小屋旁的小田圃修剪蕃茄的枝葉，或是捕捉甘藍菜葉上的蟲子，過了中午，他通常就會到鎮上去。

高修回到家把燈點亮，打開扛回來的黑色木盒。那裡面也不是什麼，就是傍晚那把粗糙的大提琴。高修把它輕放在地上，忽然從櫥子取出杯子，咕嚕咕嚕喝起水桶的水。

接著他搖了一下頭，在椅子上坐下，以猛虎般的氣勢拉起白天練習的曲子。他翻著琴譜，拉一拉琴想一想，想一想再拉一拉琴，拚命拉到最後，然後再從頭開始，一遍又一遍不停地練習。

午夜早就過了，最後他也不知道自己是不是還在拉琴，臉漲得通紅，眼睛也充滿血絲，表情非常可怕，看起來好像隨時都要倒下來。

這時，不知是誰在門後咚咚敲著。

「是侯修嗎？」高修睡眼惺忪地喊道。可是輕輕推門進來的是他曾見過五、六次的大三色貓。

牠從高修的田圃採來半生不熟的蕃茄，很沉重似的提到高修的面前放下，然後說：「啊，累死了，搬東西真是累啊。」

「什麼啊？」高修問道。

「這是禮物，請你吃。」三色貓說。

高修將一整天累積的怒氣全部發洩出來。

「誰要你這傢伙拿蕃茄來的？首先，我怎麼會吃你們這些傢伙拿來的東西？其次，這些蕃茄是我田圃種的，什麼啊，還沒有變紅竟然就硬摘下來啦？前些時候又啃又踢，把蕃茄的莖弄得亂七八糟的就是你吧？快給我滾，臭貓！」

貓雖然拱起肩膀，瞇著眼睛，嘴角卻微微笑著說：

「老師，別生這麼大的氣，對身體不好。不如拉一拉舒曼的夢幻曲，我來當聽眾。」

「話別說得這麼傲慢，明明只是一隻貓。」

大提琴手發起火來，暗自思索著該如何整整這隻狂妄的貓。

「啊，不用客氣，請開始。我好像不聽大師的音樂就睡不著。」

「放屁！放屁！放屁！」

高修漲紅了臉，像白天的團長一般跺腳大吼，卻又突然改變主意說：「那我拉琴囉。」

高修不知道想到了什麼，先去把門鎖上，窗戶也全部都關了，然後拿起大提琴，熄掉燈火。外頭下弦月的月光照亮了半邊的房間。

「要拉什麼曲子？」

「夢幻曲，羅曼蒂克的舒曼作的曲。」貓擦擦嘴巴說。

「是嗎？夢幻曲是這一首嗎？」

大提琴手不知道在想什麼，先把手帕撕開，緊緊塞住自己的耳朵，然後以暴風雨的氣勢，開始拉「印度獵虎」這首曲子。

貓歪著頭聽了一會兒，突然眼睛不斷閃動，咻地往門的方向衝去，身體砰地撞到門，門卻沒有開。

貓覺得自己好像犯下生平最大的錯誤似的，開始驚慌失措，眼睛、額頭都冒出了火花。接著嘴角的鬍鬚和鼻子也冒出了火花，貓覺得很癢，一時顯出想打噴嚏似的表情，然後又好像不能再這樣下去似的竄來竄去。高修覺得很有趣，拉得更起勁了。

「大師、夠了，請您饒了我吧！求您不要拉了！我以後再也不敢指使大師您了。」

「閉嘴，我正要開始獵老虎！」

貓難受得跳起來轉來轉去，還不時將身體緊貼在牆上，被貓身子貼過的牆壁會發出短暫藍色的光芒。最後，貓就像是風車一樣在高修四周不停地繞圈子。

高修被繞得有點頭暈眼花，終於說：「這次就饒了你吧！」然後停止拉琴。

貓也平靜下來說：「大師，你今天的演奏是不是出了問題？」

大提琴手又發起火來，但他裝出若無其事的模樣，掏出一根香菸，叼在嘴上，再取出一根火柴。

「怎麼樣，有沒有覺得不舒服？舌頭伸出來看看。」

貓很不屑似的伸出尖而長的舌頭。

「哎呀，有點粗糙呢。」大提琴手說著，迅速將火柴往貓舌頭上一劃，再將火點到自己的菸上。貓錯愕得一邊將舌頭甩成像風車一樣，一邊衝向門口，用頭撞門，然後踉蹌地走回來，再砰地撞一下，又踉蹌地走回來，咚地撞一下，又踉蹌地回來，好像在找一條路逃出去似的。

高修覺得很有趣，看了一下子才說：「讓你出去吧，別再來了，傻瓜！」

大提琴手打開門，看著貓像風一般衝到芒草叢裡，就咧嘴一笑。然後他好像終於發洩了心中的悶氣似的，沉沉地睡去。

✦✦✦

第二天晚上，高修又扛著黑色的大提琴盒回到家。他咕嚕咕嚕喝了水，就又和昨晚一樣，開始使勁練琴。不久就過了十二點，過了一點，然後兩點也過了，高修還不停止。他又繼續拉到不曉得幾點，直到天花板傳來叩叩的聲響。

「貓，你還沒學到教訓嗎？」

高修一叫，天花板的的洞口忽地發出「吧噠」的聲響，一隻灰色的鳥飛了下來。牠停在地上，高修仔細一看，原來是布穀鳥。

「連鳥都來了，有什麼事嗎？」高修說。

「我想跟你學音樂。」布穀鳥鎮定地說。

高修笑著回答：「音樂？你的歌不是只有『布穀、布穀』而已嗎？怎麼能稱得上是音樂？」

布穀鳥聽了就非常嚴肅地說：「嗯，沒有錯，雖然只有『布穀、布穀』而已可是那是很困難的。」

「怎麼會很難？你們只是很難一次叫很多遍而已，啼叫本身並沒有什麼困難，不是嗎？」

「可那是很困難的。譬如，我這麼叫『布穀』和那麼叫『布穀』，聽起來不就差很多嗎？」

「差不多啊。」

「那就是你沒聽懂囉！要是我們的同伴來聽的話，一萬次『布穀』就會有一萬個不同的音調。」

「隨便你呀。既然你知道這麼多，何必來我這裡？」

「可是我想正確發出 Do Re Mi Fa 的音調。」

「你們也有 Do Re Mi Fa 這種鳥東西嗎？」

「嗯，出國之前我一定要學會。」

「我管你出不出國？」

「大師，請你教我 Do Re Mi Fa，我會跟著你唱。」

「真煩人，好吧，我拉三次給你聽，聽完馬上給我滾回去。」

高修拿起大提琴，碰隆碰隆調好琴弦，就拉了 Do Re Mi Fa So Ra Si Do。布穀鳥一聽，急忙拍著翅膀。

「不對，不對，不是那樣。」

「真煩人，那你唱看看。」

「是這樣的。」布穀鳥往前屈身擺好姿勢，接著叫了一聲「布穀」。

「什麼啊，那是Do Re Mi Fa嗎？這樣子的話，對你們來說Do Re Mi Fa和第六交響曲又有什麼不同？」

「那是不一樣的。」

「哪裡不一樣？」

「困難的是要連續唱下去。」

「像這樣嗎？」大提琴手又拿起大提琴，連續拉著布穀、布穀、布穀……。

布穀鳥高興得不得了，從中間開始跟著大叫布穀、布穀，而且拚命彎著身體叫個不停。

最後高修拉得手都痛了。

「好了，你有完沒完啊？」他說著手也停了下來。

布穀鳥很遺憾似的抬起眼來，卻仍不捨地唱了好一會兒，才「布穀、布、布、布、布、布……。」地停了下來。

高修氣得火冒三丈。

「喂，鳥兒，沒事了，快給我滾蛋。」

「麻煩你再拉一次，雖然你拉得很好，但還是有點沒勁。」

「什麼？我可不需要你來教我。還不回去嗎？」

「拜託再拉一次，拜託。」布穀鳥不斷地低頭哀求。

「就一次而已喔。」

高修提起琴弓，布穀鳥大大吸了一口氣。

「拜託盡量拉久一點。」牠說著，又行了個禮。

「真是煩人啊。」高修露出苦笑，開始拉琴。布穀鳥於是又很認真地弓著身體，使勁地叫著：「布穀、布穀、布穀」。

高修起初還氣沖沖的，但是拉著拉著，忽然覺得鳥叫的 Do Re Mi Fa 比他拉得還準。他愈拉就愈覺得布穀鳥唱得比自己拉得正確。

「咦，做這種無聊事，我會不會也變成鳥呢？」高修忽然停下拉琴的手。

布穀鳥的頭好像被敲了一記悶棍，搖搖晃晃的，然後就像剛才那樣，「布穀、布穀、布穀、布、布、布、布、布」地停了下來。

然後牠恨恨地看著高修說：「為什麼停下來呢？我們布穀鳥，再怎麼懦弱也會唱到喉嚨出血才停止。」

「你神氣什麼啊？這麼無聊的事能持續多久？快點滾蛋！你看，天都快亮了。」高修指著窗戶說。

東方的天空呈現朦朧的銀白色，烏黑的雲正急速地往北方飄去。

「那就請你拉到太陽出來為止。再一遍，再一下子就好了。」

布穀鳥又鞠了個躬。

「閉嘴！別得寸進尺。笨鳥！再不出去，我就把你蒸了當早餐吃！」高修在地上用力跺腳。

布穀鳥大吃一驚，忽地朝窗戶飛去，頭卻重重地撞到玻璃，啪的一聲掉了下來。

「怎麼會去撞玻璃，真是笨哪！」高修急忙站起來，想要去開窗戶，可是這扇窗本來就不是那麼好開。高修還在搖晃窗框時，布穀鳥又咚地撞上去，然後掉到地上。仔細一看，牠的鳥喙底部流血了。

「我現在就幫你開，你等一等。」高修好不容易把窗戶打開兩寸左右的空隙，布穀鳥站起來，一副這回非成功不可的架勢，直盯著窗戶另一邊的東方天空，使出渾身的力氣乘風飛起來。

當然，這次撞得比前兩次還嚴重，布穀鳥掉落下來，躺在地上動也不動。高修想抓牠起來，從門口放牠飛走，手伸出來時，布穀鳥卻突然睜開眼睛飛開，然後又準備朝著玻璃飛去。

高修不禁抬起腳往窗戶踢去。隨著巨大的聲響，玻璃碎成兩、三片，窗戶連同窗框都掉到外面。布穀鳥如箭一般衝出空蕩蕩的窗戶飛到外面，不斷不斷不斷地往前飛，直到失去了蹤影。高修目瞪口呆地望著外頭好一會兒，然後就隨便躺了下來，在室內的角落睡著了。

✦✦✦

第三天晚上，高修又練習大提琴直到半夜，當他練累了，正在喝水時，又聽到叩叩的敲門聲。

不管今晚是誰來，都要像昨晚對待布穀鳥那樣，從一開始就嚇唬牠，把牠趕走。高修心裡這麼想著，拿著水杯擺好架勢。

門開了個小小的縫，走進來一隻小狸貓。高修先把那扇門開大一點，然後重重跺腳。

「喂，狸貓，你知不知道什麼是狸貓湯？」高修大吼。

小狸貓一臉呆呆的，在地上端坐下來，顯出一無所知的模樣，歪著頭思考，過了一會兒才說：「我不知道狸貓湯是什麼。」

高修看到牠的表情，不禁想要笑出聲，但還是硬擺出凶惡的臉孔說：「那麼我告訴你，狸貓湯就是把你這種狸貓混合高麗菜和鹽，用火煮到爛熟，給老爺我吃的！」

小狸貓很訝異地說：「可是我爸爸說，高修是個很好心的人，一點都不可怕，叫我來跟你學習。」

高修終於忍不住笑了出來。

「學什麼呢？我很忙的，而且很想睡覺了。」

小狸貓忽然好像勇氣倍增，往前跨出一步。

「我是打小鼓的，爸爸叫我來和大提琴合奏。」

「這裡沒有小鼓啊。」

「有，你看。」小狸貓從背上拿出兩根鼓棒。

「有那個又有什麼用？」

「現在，請你拉『愉快的馬車夫』。」

「什麼是『愉快的馬車夫』？爵士樂嗎？」

「啊，就是這個曲子。」小狸貓又從背上拿出一張樂譜。高修一拿過來就笑出聲。

「哈哈，好奇怪的曲子。好，我要拉了，你要打小鼓嗎？」

小狸貓於是拿起棍子，在大提琴的琴橋下方方和著節拍咚咚打著。由於打得實在太好了，高修拉著琴，漸漸覺得這樣子還挺有意思的。

曲子結束時，小狸貓歪著頭想了一會兒。然後牠好像終於想到什麼了，開口說：「高修先生，你在拉這第二條弦的時候，怎麼都慢半拍？讓我好像一直在栽跟頭。」

高修猛然一驚。他從昨天晚上就注意到了，不管拉這條弦多快，它好像都會慢半拍才發出聲音。

「哎呀，可能真是這樣。這把大提琴有問題。」高修很難過地撫著大提琴說道。

狸貓聽了顯得很同情，又想了一會兒。

「是哪裡不好呢？你能不能再拉一遍？」

「好，我拉。」高修開始拉了。小狸貓和剛才一樣咚咚敲打著鼓棒，不時歪著頭聆聽大提琴的聲音。曲子結束時，東方的天空又已經泛白了。

「啊，天亮了，真是謝謝你。」小狸貓慌慌張張地把樂譜和鼓棒拿到背上，用膠帶固定住，行了兩、三個禮，就急忙跑到外面去了。

高修一時呆愣地吸著從昨晚破碎的窗戶吹進來的風，然後為了在出門之前睡個覺補充精神，急忙鑽進被窩裡。

✦✦✦

第四天晚上，高修依舊徹夜拉琴，天快亮時，他累得抱著樂器恍恍惚惚。這時，門外傳來叩叩敲門聲。聲音輕得幾乎聽不見，但因為每晚都有叩叩聲，所以高修馬上就聽見了，並說了聲：「請進。」

從門縫進來的是一隻野鼠，而且帶著極幼小的小孩，緩步走到高修面前。

說到那隻小野鼠，簡直就只有橡皮擦大，高修不禁笑了起來。野鼠好像想知道高修在笑什麼，東張西望，同時走近高修，在他跟前放了一顆綠色的栗子，恭敬地行了個禮說：「醫生，我這個孩子身體狀況不太好，快要死了，請您大發慈悲，把牠治好。」

「我有本事當醫生嗎？」高修有點發火地說。

野鼠媽媽低著頭，沉默了一會兒，又鼓起勇氣說：「醫生，您在

醫生，我這個孩子身體狀況不太好，快要死了，
請您大發慈悲，把牠治好。

說謊。您不是每天都很厲害，把大家的病都治好了嗎？」

「我不知道妳在說什麼。」

「可是醫生，都是多虧了您，兔子的奶奶復原了，狸貓的爸爸也病好了，連那壞心眼的貓頭鷹也讓您給醫好，如果您唯獨不肯醫治這個孩子，那就太無情了。」

「喂喂，妳一定是弄錯了，我根本沒有幫什麼貓頭鷹治過病，倒是小狸貓昨晚過來打一下鼓就回去了。哈哈。」高修驚訝地俯視那隻小野鼠，笑了出來。

鼠媽媽於是哭了。

「啊，這孩子既然要生病，怎麼不早一點生病。直到剛才琴聲都還在嗚嗚響著，牠一生病，聲音就停了，然後再怎麼求，您也都不拉了。這孩子怎麼這麼苦命……」

高修嚇了一跳，大叫道：「什麼？我只是拉拉大提琴，貓頭鷹和兔子的病就好了？這是怎麼一回事啊？」

野鼠用一隻手揉著眼睛說：「是的，這一帶的動物生病時，都會跑到醫生家的地板底下接受治療。」

「這樣子就可以治病嗎？」

「是的，全身的血液循環會變好，感覺很舒暢，有的動物馬上就復原了，有的要回家以後病才會好。」

「啊，是這樣嗎？我的大提琴嗚嗚一響，就能代替按摩，把你們的病治好嗎？好吧，我明白了，來試試看吧。」高修嘎吱嘎吱調好弦，然後一把抓起小野鼠，放進大提琴的洞裡面。

「我也要一起去，不管去哪間醫院，我都會陪著牠的。」鼠媽媽發了瘋似地撲向大提琴。

「妳也進得去嗎？」大提琴手想要把野鼠媽媽塞進去琴洞裡面，但只塞得進去半張臉。

野鼠一邊掙扎，一邊對裡面的孩子大叫：「你在那裡還好嗎？下去的時候有沒有像我平常教你的，把腳併攏好好降落？」

「有，我平安落下來了。」小野鼠以細得跟蚊子一樣的聲音在大提琴裡面回答。

「沒事的，所以別再哭哭啼啼了。」高修低頭瞧一瞧鼠媽媽，然後拿起弓，嗚嗚拉起狂想曲之類的曲子。野鼠媽媽憂心忡忡地聽著音樂曲調，最後好像再也忍不住了。

「夠了。請把牠拿出來。」

「什麼？這樣就夠了嗎？」高修放下大提琴，將手按在洞口等著，不一會兒，小野鼠就出來了。高修靜靜地把牠放在地上。只見小野鼠緊閉著雙眼，渾身打著哆嗦。

「怎樣？感覺好多了嗎？」

小野鼠一句話也不吭，依舊閉著眼睛發抖，但是忽然站起來在屋子裡跑動著。

「啊，好了，謝謝您，謝謝您。」野鼠媽媽跟在後面跑了一陣子，不久就來到高修面前，不斷地行禮。

「謝謝您，謝謝您……。」大概重複了十次。

高修起了一點善心，就問牠們：「喂，你們吃不吃麵包？」

野鼠媽媽好像嚇了一大跳，頭轉來轉去四處張望，然後說：「不了，麵包這種東西雖然是用小麥粉揉一揉、蒸一蒸做出來的，膨脹鬆軟的樣子好像很好吃，但是我們從來沒有造訪過府上的櫥子，更不用說受到您這麼大的照顧，怎麼還能帶著麵包回去。」

「不，我不是那個意思，我只是問你們吃不吃麵包。你們是吃麵包的吧？等一下，我去拿給你那個鬧肚子的小孩吃。」

高修把大提琴放在地上，從櫥子裡撕塊麵包，放在野鼠前面。

野鼠媽媽高興得又哭又笑，然後行了個禮，很慎重地啣起麵包，讓孩子走在前面再跟著走出去。

「啊，和老鼠說話還真累人。」高修重重癱倒在床上，馬上就呼呼睡著了。

✦✦✦

第六天的晚上。金星樂團的團員在鎮上的會館演奏廳內，從舞台魚貫退下，每個人都紅光滿面，拿著自己的樂器，走向後面的休息室。他們從頭到尾順利演奏完第六交響曲，如雷的掌聲還在演奏廳響著。團長把手插在口袋裡，一副毫不在意掌聲的模樣，在團員之間走來走去，但實際上他的心中充滿了歡喜。團員們有的叼著香菸，擦起火柴，有的則把樂器收進盒子裡。

如雷的掌聲依然在禮堂內迴響，而且聲勢愈來愈大，變成了一股不可收拾的可怕聲浪。胸前別著白色大緞帶的司儀走了進來。

「聽眾在喊安可，短短的曲子也好，可不可以再演奏一下？」

團長嚴肅地回答：「不行，演奏完那麼盛大的曲子之後，不管再演奏什麼曲子，都無法令我滿意。」

「那就請團長出去打個招呼。」

「不行，喂，高修，你出去拉個曲子吧！」

「我嗎？」高修愣住了。

「就是你，你。」首席小提琴手忽然抬起臉來說道。

「快去吧。」團長說。大家硬把大提琴塞在高修的手上，打開門把高修推上舞台。高修拿著他那把穿洞的大提琴，困惑地站上了舞台，聽眾彷彿都在看好戲似的，只見他們掌聲愈拍愈響亮，有些人還大聲歡呼。

「真是欺人太甚！好，就給你們好看，我來拉拉『印度獵虎』。」

高修鎮定下來，走到舞台中央。

然後就像先前那隻貓來的時候那樣，高修以發怒大象般的氣勢拉起印度獵虎。然而，聽眾都變得寂靜無聲，專心聆聽。高修繼續拉下去，拉過了貓難受得劈劈啪啪冒出火花的那一段，也拉過了貓不斷用身體去撞門的那一段。

曲子結束了，高修看也不看台下觀眾一眼，就跟那隻貓一樣，迅速拿著大提琴逃進後台。

在後台裡，團長和其他團員都好像遭遇了一場火災似的，眼珠子動都不動，渺無聲息地坐著。高修開始自暴自棄，快步走過團員之間，在對面的長椅子上癱坐下去，翹起二郎腿。

這時，大家不約而同轉過頭來看高修，他們的表情還是很認真，似乎沒有人在笑。

今晚眞是個奇怪的夜晚。高修心裡這麼想著。

團長卻站起來說：「高修，太棒了！雖然是那種曲子，可是大家都聽得很入迷。只不過一個星期至十天的工夫，真是突飛猛進啊！今晚的你和十天前的你比起來，簡直就像嬰兒和士兵的差別。你啊，只要有心去做，隨時都做得到，不是嗎？」

團員們也都站了起來，對高修說：「幹得好。」

「要不是高修身體好，才經得起這種苦練。如果是一般人，恐怕就沒命了。」團長在另一邊說著。

當天晚上，高修很晚才回到家裡。

他又大口大口喝起水來，然後打開窗戶，凝視著布穀鳥飛去的遙遠天空說：「啊，布穀鳥，那天真是對不起，其實我並沒有生你的氣。」

橡實與山貓
山貓 敬啟

某星期六的傍晚，一郎收到一張奇怪的明信片。

金田一郎先生

聽說你身體康健，非常好。

明天有棘手的審判，請你過來。

請不要帶槍械或弓箭等任何武器。

山貓　敬啟

九月十九日

內容就是這樣，字跡很醜，墨水也濃淡不一，甚至會沾到手。可是一郎還是高興得不得了，悄悄把明信片收進上學的書包，在屋子裡蹦蹦跳跳的。

一郎鑽進被窩以後，想到山貓那「喵喵」笑的臉，還有棘手審判的情景，直到很晚都還沒睡著。

不過，一郎睜開眼睛時，天空已經很亮了。來到屋前一看，四周油綠綠的山巒好像才剛形成似的，在蔚藍的天空底下排成一列。一郎急忙吃完飯，一個人沿著溪流，往上面走去。

清澈的風一吹，栗子樹就啪啦啪啦落下果實。一郎仰望著栗子樹問道：

「栗子樹，栗子樹，山貓有沒有經過這裡？」

栗子樹安靜了一下，回答說：「山貓啊，今天早上乘著馬車，很快地往東邊飛過去了。」

「如果是東邊，就是我要去的方向。那就奇怪了，怎麼還沒到？

總之再走一段路看看吧！栗子樹，謝謝。」

栗子樹默不作聲，又啪啦啪啦落下果實。

一郎往前走了一會兒，就到了吹笛瀑布。吹笛瀑布是一處純白岩壁上的一個小洞，水從那裡湍流而過時會發出笛子的聲音，然後形成瀑布，轟轟墜落到河谷裡。

一郎對著瀑布大叫：

「喂……喂……吹笛瀑布，山貓有沒有經過這裡？」

瀑布嗶嗶地回答：「山貓剛剛乘著馬車往西邊飛過去了。」

「好奇怪，西邊是我家的方向。不管怎樣，我再往前走看看。吹笛子的，謝謝。」

瀑布又和剛才一樣，繼續響起笛子般的聲響。

一郎又走了一會兒，看到一棵山毛櫸，樹下有許多白色的蘑菇在叭哩叭啦地吹奏奇特的音樂。

一郎彎下腰問道：

「喂，蘑菇，山貓有沒有經過這裡？」

「山貓啊，今天早上乘著馬車往南方飛過去了。」蘑菇回答。

一郎歪起頭來。「南方的話，就是那邊的山上了。好奇怪呀，算了，再往前走一段看看。蘑菇，謝謝。」

所有的蘑菇都好像很忙似的，繼續吹奏叭哩叭啦的奇特音樂。

一郎又走了一會兒，看到一棵核桃樹，樹上有一隻松鼠蹦蹦跳跳地爬上樹梢。一郎馬上招手攔住牠。

「喂，松鼠，山貓有沒有經過這裡？」一郎問道。

松鼠就在樹上用手遮在額頭上，俯視著一郎，回答說：「山貓啊，今天早上天還沒亮就乘著馬車往南方飛過去了。」

「又是去了南方，兩次都聽到這樣的話，好奇怪呀。不管了，再走一段看看。松鼠，謝謝。」

松鼠已經不在那裡，只看到核桃樹最上面的樹枝在晃動，旁邊的山毛櫸樹葉閃了一下光芒。

一郎又走了一會兒，沿著溪流延伸的小徑愈來愈細，最後就消失了。溪流南邊的漆黑榧樹林那邊，有一條新闢的小路。一郎於是走上了那條路。榧樹枝黑蒙蒙地疊在一起，把藍天遮得完全看不見，小路也變成了很陡的坡道。

一郎漲紅了臉爬上坡，汗水一滴滴地滑落。突然光線明亮起來，使一郎感到眩目。這裡是美麗的金黃色草地，草隨著風沙沙作響，四周都被濃密的橄欖綠榧樹蔭所包圍。

這塊草地的正中央有一個長相很奇怪的矮小男人，他彎著膝蓋，手上拿著皮鞭，一言不發地看著一郎這邊。

一郎慢慢走向他，突然嚇得停住腳步。那個男人只有一個眼睛，看不見的那一顆眼珠子白白的，溜溜直轉。他穿著像是襯衫又像是短外套的奇怪衣服，而且雙腳跟山羊一樣嚴重彎曲，尤其是腳尖，形狀好像飯勺子。

一郎覺得很可怕，但還是盡量鎮定下來問道：「你認識山貓嗎？」

那個男人用斜眼看著一郎，彎著嘴角，然後咧嘴一笑說：「山貓很快就會回到這裡。你是一郎先生吧？」

一郎大吃一驚，往後退了一步說：「嗯，我是一郎，你怎麼知道？」

「既然這樣，你看到明信片了？」

「看了，所以就來了。」

「那些句子寫得很糟糕吧？」男人低著頭，很悲傷地說。

一郎有點於心不忍，安慰他說：「呃，句子寫得相當好。」

男人高興得呵呵喘氣，連耳根子都紅了。他翻起衣領，讓風吹進身體。

「字跡也很好看嗎？」男人問道。

一郎不禁笑答道：「很好看呢，五年級生也寫不出那種字。」

男人一聽，突然露出苦澀的表情。「你所說的五年級生是指小學五年級嗎？」

那聲音聽起來非常軟弱無力，一郎急忙改口說：「不，你誤會了！是大學的五年級。」

男人聽了又高興起來，哈哈笑得彷彿整張臉都是嘴巴，然後大叫道：「那張明信片正是我寫的。」

一郎忍著笑問他：「你究竟是什麼人呢？」

男人突然正經起來說：「我是山貓的馬車夫。」

這時，一陣風吹了過來，整片草地掀起洶湧的波浪，馬車夫忽然恭敬地行禮。

一郎覺得很奇怪，轉頭一看，山貓就站在那裡，穿著黃色斗蓬似的衣服，睜著圓圓的綠色眼睛。山貓的耳朵真的是尖尖直直的，一郎這一想，山貓就對他低頭行禮，一郎也就很有禮貌地打招呼。

「啊，你好，謝謝你昨天的明信片。」

山貓把鬍鬚拉直，挺著肚子說：「你好，歡迎你來。實際上從前天開始，就發生了一件很麻煩的爭執，很難下審判，所以想請你出個主意。啊，請先好好休息。不久之後，橡實們就會來了。其實我每一年都要為同樣的審判傷腦筋。」山貓忽地從懷裡掏出卷菸盒，自己叼起了一根：「來一根吧？」

一郎嚇了一跳，趕忙說：「不了。」

山貓大笑出聲：「哈哈，畢竟還年輕。」山貓說著就劃了一根火柴，故意皺著臉，呼地吐出藍色的煙霧。

山貓的馬車夫筆直地站著，但又好像在拚命忍住想要抽菸的念頭，眼淚簌簌簌淌下。

這時，一郎聽到腳下有炒鹽巴似的劈啪爆裂聲，嚇了一跳，蹲下來一看，草叢中到處都有金黃色的東西在閃亮。再看仔細，那些都是穿著紅褲子的橡實，數量可能超過了三百個，全部都在哇啦哇啦說著什麼。

「啊，來了，跟螞蟻一樣大舉擁來。喂，快點搖鈴！今天那邊的日照很好，去把那邊的草割一割。」山貓甩掉卷菸，匆匆忙忙地吩咐馬車夫。

馬車夫也非常慌張地從腰部取出大鎌刀，在山貓前面的地方勤快地割草。橡實從四面八方的草叢裡閃著亮光跳出來，哇啦哇啦說個不停。馬車夫接著叮叮噹噹地揮動銅鈴。鈴聲在榧樹林裡叮噹迴響，金黃色的橡實也就稍微安靜下來了。

仔細一看，山貓不知在何時穿上了黑色的長緞子服，煞有介事地在眾多橡實前面坐下。一郎心裡想著，**這看起來簡直像是一幅人們在朝拜奈良拜訪大佛的畫**。馬車夫接著又咻咻抽了兩、三次皮鞭。

蔚藍的天空晴朗無雲，橡實閃爍著光芒，實在非常美麗。

「今天已經是審判的第三天了，可不可以省省事，言歸於好？」

山貓似乎有點擔心，但還是勉強擺出威嚴說著，橡實們一聽就七嘴八舌地叫喊起來。

「不行，不行，再怎麼說還是頭尖尖的最偉大，而我的頭是最尖的。」

「不，你說的不對。圓頭的才是最偉大的，而最圓的是我。」

「大小最重要。大才是最偉大的，而我是最大的，所以我很偉大才對！」

「不是那樣的，我比較大，昨天法官不也這麼說了嗎？」

「這麼說不行的啦，個子高才是重點，個子高才是最偉大的。」

「玩摔跤贏的人才偉大，要用摔跤來決定。」

大家都你一言我一語的，簡直就像捅了蜜蜂窩似的，場面一片混亂。山貓於是大叫：「吵死了，你們把這裡當成什麼地方了？安靜！安靜！」

由於馬車夫咻咻抽著皮鞭，橡實們終於安靜下來。

山貓捻了一下鬍鬚說：「審判到今天已經是第三天了，大家可不可以適可而止一點，言歸於好？」

橡實們一聽，又都七嘴八舌地說個不停。

「不行，不行，再怎麼說，尖頭是最偉大的。」

「對、不對，圓的才偉大。」

「不是那樣啦，大才是最重要的。」

嘰哩呱啦嘰哩呱啦，到底什麼是什麼都聽不清楚了。

山貓大叫：「閉嘴！吵死了。你們把這裡當成什麼地方了？安靜！安靜！」

馬車夫又咻咻抽著鞭子。

山貓捻了一下鬍鬚說：「審判到今天已經是第三天了，大家可不可以適可而止一點，言歸於好？」

「不、不，不行。尖頭的……。」

嘰哩呱啦嘰哩呱啦。

山貓又叫了：「吵死了。你們把這裡當成什麼地方了？安靜！安靜！」

馬車夫咻咻抽著鞭子，橡實們都安靜了下來。

山貓對一郎低聲說道：「情況就如你所看到的，該怎麼辦呢？」

一郎笑著回答：「既然這樣，你就跟他們這麼說好了，這裡面最愚蠢、長得最醜、最不成樣的，就是最偉大的。這是我從講道中聽到的。」

山貓恍然大悟似的點點頭，然後擺出架勢，拉開緞子服的衣襟，稍微露出黃色的外套，然後對橡實們宣布：

「好，安靜。我要宣布了！『這裡面最愚蠢、最醜、最不成樣、頭最扁的傢伙，就是最偉大的』。」

橡實們都安靜無聲。不僅一句話都不吭，甚至僵立在原地。

山貓於是脫下黑色的緞子服，擦擦額頭上的汗，握住一郎的手。馬車夫高興得咻咻咻連抽了五、六下鞭子。

山貓對一郎說道：「真的很謝謝你。這麼棘手的審判，你只用一分半鐘就幫我解決了。以後請你當我這座法院的名譽法官。以後如果我寫明信片過去，你還願意來嗎？我每次都會送謝禮給你。」

「好的，但是不需要禮物。」

「不，請一定要接受謝禮，因為這關係到我的人格。以後明信片會寫『金田一郎先生收』，寄信人會註明『法院』，這樣子可以嗎？」

一郎回答：「嗯，可以。」山貓好像還有話說，牠捻了一下鬍鬚，眨了眨眼睛，終於下定決心似的說了出來。

「還有關於明信片的句子，以後可不可以就寫『因為有事，明日務必出庭』？」

一郎笑著說：「啊，聽起來有點奇怪，這句話還是不要寫比較好吧。」

山貓好像在說，這種表達方式不好嗎？一副很遺憾的模樣，低著頭捻鬍鬚捻了好一會兒，才死了心說：「那句子就和之前一樣就好了。這是今天的謝禮，有一升黃金橡實和鹹鮭魚頭，你喜歡哪一種？」

「我喜歡黃金橡實。」

山貓似乎很慶幸一郎選的不是鹹鮭魚頭，急忙吩咐馬車夫：「快拿一升橡實來。如果不夠一升，就摻一些鍍金的。快點！」

馬車夫把剛才的橡實倒進量器，秤了之後大叫：「剛剛好一升！」

山貓的外套隨著風啪嗒啪嗒響著。山貓大大伸了個懶腰，閉上眼睛，呵欠打到一半就開口說：「好，快點準備馬車。」以白色大磨菇建造的馬車被推了出來，拉車的是一匹形狀怪異，色似老鼠的馬。

「好了，我送你回家。」山貓說。兩人就坐上馬車，馬車夫將黃金橡實放在馬車上。

噠噠、噠噠。

馬車離開了草地。樹木和草叢如煙霧一般緩緩搖晃。

一郎看著黃金橡實，山貓則以恍惚的表情凝視著遠方。

隨著馬車的前進，橡實逐漸失去光芒，待馬車停下來時，橡實竟全都變成了普通的咖啡色。

然後，山貓的黃色衣裳、馬車夫和磨菇馬車也同時消失不見。一郎手拿著裝橡實的量器，站在自己的家門前。

從此之後，再也沒有收到「山貓敬啓」的明信片。一郎有時候會想，**早知道就跟山貓說，信上寫「務必出庭」也沒有關係。**

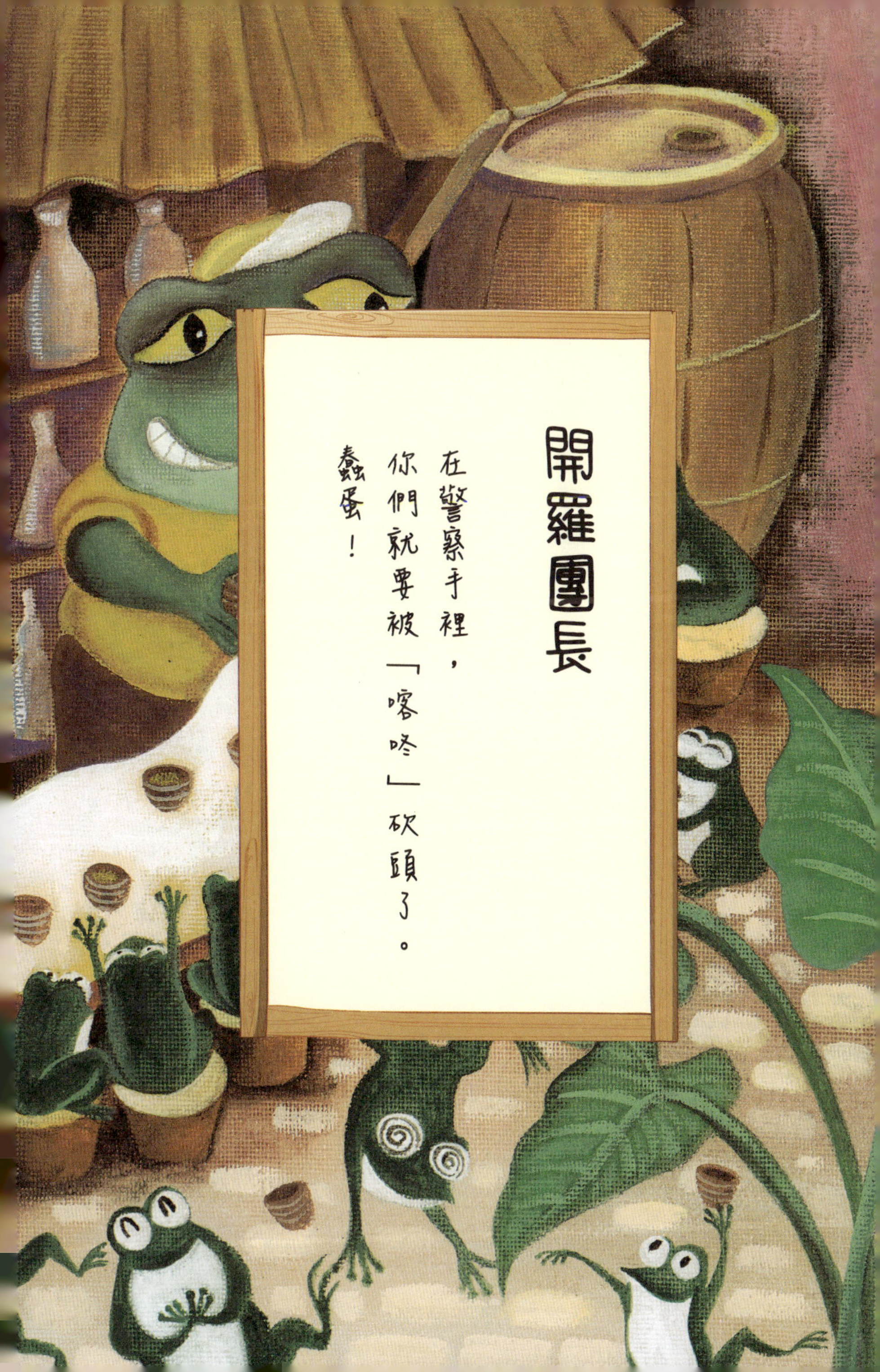

開羅團長

在警察手裡，你們就要被「喀咚」砍頭了。蠢蛋！

有一段時期，三十隻雨蛙都很愉快地一起工作。

牠們主要是受了昆蟲同伴的委託，從事撿拾紫蘇或罌粟的果實、開墾花圃、蒐集形狀美麗的石頭或青苔、建造氣派的庭園等等工作。

像這樣子闢建出來的美麗庭園，我們經常會在各處發現。譬如田邊的豆樹下、森林楢樹根旁、有屋簷水滴落的石蔭等等，都是牠們精心建造的可愛景致。

話說這三十隻雨蛙每天都很愉快地工作。早上太陽公公金黃色的光芒將玉米的影子投射到兩千六百寸[註1]長時，牠們就大口呼吸清爽的空氣開始工作，一邊唱歌一邊笑著叫著，直到傍晚太陽公公的光芒，使綠色的草木染上米黃色而變得生氣勃勃為止。

尤其是暴風雨過後的日子，到處都有蟲子在嚷著「請快點過來把遮住庭園的木板抬走」，或是「我家爬滿夏苔的樹倒了，快點派五、六隻蛙過來看看」之類的，真是有夠忙碌。可是越是忙碌，雨蛙們就越覺得自己很了不起，心情就會很快活。「啊，那個用力拉，可以了嗎？好，嘿喲、喂，布啾可，繩子鬆了，可以，快拉！喂喂，比吉可，別待在那裡，給我把繩子綁好！好，再一口氣，嘿喲」，情形大致就像這樣。

✦✦✦

可是有一天，三十隻雨蛙完成了螞蟻的公園，大家都很開心，在暫時回總部的途中，經過一棵桃樹下時，看到那裡新開了一家店。招牌上寫著：

「舶來威士忌，一杯兩厘[註2]半。」

雨蛙很好奇，就一個一個進到店裡面去。店裡有個淡黑色的田蛙沉坐在椅子上，很無聊似的自己在那裡玩著吐舌頭的遊戲，看到大家進來，就以極開朗的聲音說道：「嘿，歡迎光臨。各位，請進來歇一會兒吧。」

「你店裡賣的舶來威士忌究竟是什麼呢？可不可以給我喝一杯？」

「嘿，舶來威士忌嗎？一杯兩厘半，可以嗎？」

「嗯，可以。」

田蛙用挖空的粟米當杯子，倒進烈酒，然後端出來。

「哇，這酒好烈，肚子都燒起來了。哇，喂，各位，這東西可稀罕了，一進到喉嚨裡就會覺得全身發熱。啊，好舒服。可不可以再給我一杯？」

「是是，這邊先倒完一遍，再給你倒。」

「這裡也快點上酒。」

「是是，我會照出聲的順序倒。好，這是你的。」

「謝謝。哇，哦，哦，太好喝了。」

「這邊也快一點。」

「是，這是你的。」

「哇！」

「喂，再來一杯。」

「這裡快一點！」

「快點再來一杯！」

「嘿，嘿，請不要咳嗽，不然我好不容易量好的酒會灑出來。好，這杯是你的。」

「啊，謝謝。哇！嗝、嗝，哇，真好喝，謝謝。」

就這樣，雨蛙一杯接著一杯，喝了許多酒，而且越喝就越想再喝。

不過，田蛙的威士忌有滿滿的石油桶那麼多，用挖空的粟米杯量一萬遍，也不會少掉十分之一。

「喂，再給我一杯！」
「再給我一杯啊，快點！」
「哎，快點給我！」
「嘿嘿，這已經是第三百零二杯了，沒問題嗎？」
「沒關係啦，給我吧，給我！」
「沒關係的話，就給你了。」
「哇，好喝！」
「喂，快拿到這裡來！」
在這樣歡樂的氣氛中，雨蛙們逐漸有了醉意，個個都鼾聲如雷，進入夢鄉。
田蛙咧著嘴笑著，急忙關起店門，把裝酒的石油桶緊緊蓋好。然後從櫃子拿出全套護具，從頭、臉到腳尖都穿戴起來。

接著牠搬來桌子和椅子，端正地坐著。雨蛙都在呼呼鼾睡，田蛙便又搬來一張小椅子，放在自己的椅子旁邊。

然後牠從櫃子取下一根鐵棒，穩穩地坐下來，朝最旁邊的雨蛙那顆綠頭敲下去。

「喂，起來，該付錢了，快點。」

「呼嚕、呼嚕、啊，好痛，是誰亂敲別人的頭啊？」

「你該付錢了。」

「啊，對對，要付多少啊？」

「你喝了三百四十二杯，總共是八十五錢五厘。怎麼樣，你付得起嗎？」

雨蛙拿出錢包一看，裡面只有三錢二厘。

「什麼？你只有三錢二厘？真是傷腦筋。那該怎麼辦才好呢？要我報警嗎？」

「饒了我吧！饒了我吧！」

「不行，不可以，快付錢。」

「我沒有錢啊，饒了我吧，我願意當你的手下。」

「是嗎？也好，那你就成為我的手下囉？」

「是的，沒辦法啊。」

「好，那進去這裡面。」

田蛙打開另一個房間的門，把無話可說的雨蛙推進去，然後用力關上門。牠咧嘴笑了一下，又穩穩地坐下來，拿起那根鐵棒，往第二隻雨蛙的銅綠色頭敲下去，然後說：

「喂喂，起來了！付錢哪，付錢！」

「呼嚕、呼嚕，啊，再給我一杯。」

「還在說夢話，起來了！眼睛張開，該付錢了。」

「嗯，啊，什麼？為什麼要敲人家的頭啊？」

「你要睡到什麼時候啊？給我付錢！付錢！」

「啊，對對，是該付了，多少錢？」

「你喝了六百杯，總共一元二十錢。怎麼樣，有這麼多錢嗎？」

雨蛙的臉色綠得幾乎透明了，牠把錢包倒出來看，裡面只有一錢二厘。

「我身上所有的錢都給你，請你算我便宜點吧？」

「嗯，你有一元二十錢嗎？哎，不過才一錢二厘嘛，你把我當笨蛋耍啊？竟敢叫我算你百分之一的價錢，用外國話來說，不就是『請給我打零點一折』了？別想耍我。付錢哪，快點！」

「我沒有錢嘛。」

「那就當我的手下。」

「沒辦法，也只好這樣了。」

「好，進來這裡。」田蛙把雨蛙趕進另一個房間以後，又想穩穩地坐在椅子上，但又好像想到了什麼，忽然走到正在打鼾的雨蛙那裡，一把將每隻雨蛙的錢包都搜出來檢查。每個錢包的金額都不到三錢。其中有一個鼓得大大的，打開一看，連一丁點錢都沒有，只是把山茶樹葉折一折塞進去而已。

田蛙樂歪了，嘻嘻笑著，把帽子重新戴好，隨手砰砰敲打每一隻雨蛙的綠頭。啊，大家糟糕了。

「啊，好痛！好痛！是誰呀！」

大家都叫著睜開眼睛，四處張望了一會兒，才慢慢發現是身為酒店老闆的田蛙幹的好事。

「幹嘛呀，老闆？幹嘛動粗呢？」

大家異口同聲地說著，同時從四面八方撲過去，可是這隻田蛙的力氣可抵三十隻雨蛙，並且穿著整套護具，而雨蛙們都因為喝了舶來威士忌而腳步蹣跚，因而被田蛙打得七零八落。最後田蛙把當中的十一隻雨蛙堆成一團，一把丟了出去。

雨蛙都惶恐得發抖，臉色青得透明，滿地跪著求饒。田蛙於是很嚴肅地說：「你們喝了我的酒，每一筆帳單都不會少於八十錢，可是你們沒有一個帶的錢超過五錢。怎麼樣，誰有錢？沒有吧？哼。」

雨蛙一起呼呼喘氣，彼此互看。田蛙得意洋洋，又開始說了。

「怎麼樣，沒有錢吧？有嗎？沒有吧？剛才你們有兩個同伴沒有錢付帳，就答應做我的手下，那你們呢？」

就在這個時候，正如各位所知道的，已有兩隻在對面房間裡，從門縫只露出眼睛，正在嘰嘰地低聲叫著。

大家再一次彼此互看。

「看來是沒有辦法了，就這麼辦吧？」

「就這麼拜託你了。」

「請收我們當手下。」

就是這樣，雨蛙們都太善良了，立刻變成田蛙的手下。田蛙於是打開後面的門，把之前的兩隻抓了出來。然後對所有雨蛙嚴肅地說。

「聽好，這個團體要訂名為『開羅團』，我是開羅團長，從明天開始，你們都要聽從我的命令，知道嗎？」

「沒辦法，就聽你的話。」大家都這麼回答。

田蛙就站了起來，在屋裡繞了一圈。這麼一來，酒店馬上就變成了開羅團長的大本營。也就是說，原本是四角形的屋子變成了六角形。

✦✦✦

當天就這樣過去了，新的一天來臨。太陽公公金黃色的光芒把屋後的桃樹影拋到三千寸遠，天空泛起了鮮藍的色澤，開羅團卻連一件委託的差事也沒有接到。田蛙於是把大家集合起來。

「沒有人來委託我們辦事。像這樣子沒有工作，光養你們也不是辦法，連我自己到後來也會吃不消。關於這一點，沒有工作的時候，最重要的是要預先為忙碌時做準備。也就是說，工作時要用的材料必須趁現在先收集好。首先第一項就是樹木。今天你們要出去收集十棵高大的樹，不，十棵太少了，嗯，一百棵，一百棵也很少，一千棵好了！如果沒有收集到一千棵，我就會馬上去報警，你們就會被處死刑，粗脖子會被喀嚓砍斷喔。你們的脖子很粗，應該不是喀嚓的聲音，而是『喀咚』才對。」

雨蛙們的綠色手腳都不由自主地顫抖，然後一個個偷溜到外面，以一隻雨蛙負責三十三又三分三釐多的棵數為目標，拚命地找樹，可是能找的多半早就被找過了。儘管大家在那一帶再怎麼努力尋找，到了傍晚，也只找到了九棵。

唉，雨蛙全都哭喪著臉，一繞再繞，還是沒有進展。

剛好有一隻螞蟻經過那裡，看到雨蛙們都在米黃色的夕陽下變成透明的綠色，嗚嗚哭個不停，於是驚訝地問道：「雨蛙先生，昨天謝謝你。到底發生什麼事了？」

「今天我們必須交一千棵樹給田蛙，可是才找到九棵而已。」

螞蟻一聽到，就嘻嘻哈哈地大笑，然後說：「既然牠說要一千棵，你們就給牠一千棵嘛。看那邊有些像煙霧的黴菌樹之類的植物，隨便抓一把就有五百棵了。」

原來如此，雨蛙都開開心心地跑去採那煙霧似的黴菌樹，各自拿著三十三棵又三分三釐，跟螞蟻道謝後，就回到開羅團長那裡。

團長看到牠們回來，顯得很高興。「哈哈，很好，很好。大家各喝一杯舶來威士忌，就去休息吧。」

雨蛙們就用粟米杯各喝了一杯舶來威士忌，然後呼嚕呼嚕地進入夢鄉。

✦✦✦

第二天早上，太陽公公露臉之後，田蛙又說了。

「喂，各位，集合。今天也沒有人來委託工作。聽好，今天你們要去各處的花圃收集花種子。每隻雨蛙給我收集一百顆，不，一百顆太少了，各一千顆，不，白天這麼長，一千顆未免太少，一萬顆好了！各收集一萬顆來。可以嗎？如果沒有，我馬上就把你們交給警察，警察就會『喀咚』砍了你們的脖子。」

在太陽公公的照耀下，雨蛙們都顯出透明的鮮綠臉色，走向花圃。牠們的運氣很好，花種子剛好如雨點般潑灑下來，蜜蜂也在一旁嗡嗡叫著，雨蛙於是蹲下來拚命撿拾，然後邊撿邊說：「喂，比啾可，你有可能收集到一萬顆嗎？」

「看來動作不快一點是不行的，現在才三百顆而已。」

「剛才團長起先是說一百顆哪，如果是一百顆就好了。」

「嗯，後來牠改說一千顆，一千顆還過得去哪。」

「就是說嘛，我們為什麼喝了那麼多酒呢？」

「我也正在想這件事，覺得第一杯和第二杯，第二杯和第三杯，好像被什麼線照著順序連在一起了，一直連到了第三百五十杯。」

「真的是這樣啊，哎呀，不快一點就糟了。」

「對、對。」

雨蛙們撿啊撿的，撿到傍晚才好不容易各自收集了一萬顆，回到開羅團長那裡。

團長田蛙很高興，對牠們說：「嗯，好，大家各喝一杯舶來威士忌，就去睡覺吧。」

雨蛙也都很開心，各自拿著粟米杯，喝了一杯舶來威士忌，就呼呼睡去了。

✦✦✦

隔天早上，雨蛙們清醒了以後，看到來了另一隻田蛙，對團長說了一番話。

「總而言之，要做就要做得很盛大，不然會被當成笑柄。」

「就是說嘛。這樣吧，一個人算九十元好了。」

「嗯，這個價錢還可以。」

「那好，哎，大家都起來了，今天要讓你們做什麼呢？每天都沒有工作，真是傷腦筋。」

「嗯，我真同情你。」

「今天讓你們搬石頭好了。喂，大家今天要各搬九十匁[註3]的石頭回來。不，九十匁太少了。」

「嗯，九百貫[註4]聽起來比較順口啊。」

「對啊，不知道多少才夠。喂，你們哪，今天每一隻給我搬九百貫的石頭回來！不然我就馬上把你們這一群都交給警察，在場的這位可是法官，要把你們的頭砍下來是不用費什麼工夫的。」

雨蛙們都露出了透明的鮮綠臉色。這也難怪，要一隻雨蛙搬九百貫的石頭，連人類都辦不到。說到雨蛙的體重，頂多也只有八匆或九匆，光是想到一天要各自搬回九百貫的石頭，大家就都暈頭了，一個個呱呱叫著，癱倒在地上。

田蛙於是拿出之前那一根鐵棒，往雨蛙的頭上砰砰敲打。雨蛙只好頭昏眼花地出去工作。太陽公公遠在遙遠的天際，看起來好像變成了三角形，正在一圈圈地旋轉。

雨蛙們來到有石頭的地方，各自在約重百匆的石頭上綁上繩索，開始嘿唷嘿唷地用力拉。大家都很拚命，全身汗流不止，疲憊不堪，世界看起來幾乎是一片漆黑。

不管怎樣，三十隻雨蛙都貫徹始終，分別把石頭搬到開羅團長家時，已經是中午了。大家都筋疲力盡，眼睛睜不開，身子也站不起來。**啊，但是到了晚上，如果沒有再搬回八百九十九貫九百匁的話，頭就要被砍掉了。**

這時，本來在家裡呼呼大睡的開羅團長，正好醒了過來，就悠閒地走出去觀看進度。

雨蛙們卻都坐在搬回來的石頭上，不是在嘆氣，就是在泥土上呈大字躺著睡覺。牠們透著日光，在地面上映出美麗的翠綠身影。團長怒氣沖天，急忙進去屋裡拿鐵棒，而在這段時間內，清醒的雨蛙趕緊搖醒睡著的同伴，等團長再度出來時，雨蛙們都站起來了。

開羅團長於是說：「什麼啊，你們這些笨瓜，到現在為止才搬來了這些嗎？你們實在是很沒有用。要是我，三十分鐘內就可以把九百貫石頭搬過來給你們看。」

「可是我們實在做不到。我們已經搬得快要死掉了。」

「哼，沒用的傢伙。快點搬，如果到晚上還做不到，我就把你們全部交給警察！在警察手裡，你們就要被『喀咚』砍頭了。蠢蛋！」

雨蛙們都自暴自棄地大喊：

「那就快點把我們交給警察。聽你一直『喀咚』、『喀咚』的說，好像還挺有意思的。」

「嘿，蠢蛋、沒用的傢伙！」

「嘿，嘟——」

開羅團長不知為什麼神情怪異，突然停住嘴。然而「嘟——」的聲音還在持續著。那完全不是從開羅團長的喉嚨發出來的，而是蝸牛的號角聲，在遠遠的青空下迴響。這是大王發布新命令的前奏。

「你聽！大王的新命令。」雨蛙和田蛙都連忙立正站好。蝸牛吹的號角聲依然清朗地迴響。

「大王的新命令！大王的新命令！只有一條，指使他人做事的方法。指使他人做事的方法。第一，指使他人做事時，要用自己的體重來除以被指使者的體重，以此得出答案。第二，把答案乘上指使的工作。第三，自己要在兩天內完成這件工作。新命令到此為止。如果不照做，就會被引渡到鳥國去。」

雨蛙們高興的程度自然不用說了，一隻名叫切克擅長算術的雨蛙已經開始心算了。**被指使者的體重是十匁，身爲指使者的團長是一百匁，一百匁除以十匁，答案是十。工作是九百貫，九百貫乘以十，答案是九千貫。**

「喂，各位，算一算是九千貫耶！」

「團長，從現在開始到晚上為止，請你去搬來四千五百貫的石頭。」

「這是大王的命令，請開始搬。」

這回輪到田蛙變臉了，牠的臉逐漸轉成透明的銅綠，而且全身止不住哆哆嗦嗦地抖著。

雨蛙於是將田蛙團團圍住，把牠帶到有石頭的地方，然後把重約一貫的石頭綁上繩索。

「好了，像這樣的東西，你到晚上為止連搬四千五百遍就可以了。」雨蛙們說著，把繩頭掛在開羅團長的肩膀上。

團長似乎已做好了心理準備，甩掉手上的鐵棒，定好目光，凝視著搬石頭的方向，可是實在沒有心情用力去拉。

雨蛙們於是異口同聲地吶喊起來：「嘿唷、嘿唷、嘿唷、嘿唷……。」

開羅團長聽到加油聲，這才振奮精神，拉起繩子，在地上蹬了五次腳，石頭卻動也不動。

田蛙汗流浹背，嘴巴張得大大的，呼呼喘著氣。四周的景物都模模糊糊的，變成一片咖啡色。

「嘿唷、嘿唷、嘿唷、嘿唷。」

田蛙又蹬了四次腳，在最後那一次時，腳「喀」一聲扭斷了。雨蛙們不禁大笑。但不知為什麼，隨後就安靜無聲。真的是安靜極了。各位，說到這時候的寂寞，真的是無法形容。各位了解嗎？先是和大家一起嘲弄別人，然後突然大家都靜下來時的那種寂寞。

然而，在這個時候，蝸牛的號角聲又在高高的青空響了起來。

「大王的新命令，大王的新命令。所有一切生物都是善良可憐的，絕對不能互相仇視。命令到此為止。」

接著，聲音又在另一邊迴盪。「大王的新命令。」

雨蛙都跑過去給田蛙喝水，幫牠醫治斷腳，或者幫牠按摩肩膀。

田蛙簌簌地流下悔改的淚水。

「啊，各位，我錯了。我已經不是各位的團長，我不過是個普通的青蛙。從明天開始我要去當裁縫師。」

雨蛙們都高興地啪啪鼓掌。

✦✦✦

從第二天開始，雨蛙又像以前一樣快樂地工作。

各位，在雨停或刮風的第二天，或者晴朗的日子，是否曾在田裡、花壇蔭下聽到以下這種窸窸窣窣的聲音呢？

「喂，貝可，那邊可不可以給我排好一點？很好。喂喂，這裡要種的可不是雀的帷子[註5]，而是雀的鐵砲[註6]。對對，都是麻雀，所以就搞混了。哎，比啾可，喂，比啾可，那邊的洞給我埋起來。好了嗎？我要丟過去了！好，來了！啊，糟糕。幫我拉，嘿唷！」

譯註

註1　寸：日本古時候的長度單位，一寸約是三公分，一尺的十分之一。

註2　厘：日本古時候的貨幣單位，一厘是一錢的十分之一，而一錢是一元的百分之一。

註3　匁：日本古時候的重量單位，一匁約是三・七五克。

註4　貫：日本古時候的重量單位，一貫約是三・七五公斤。

註5　雀的帷子：一年生的禾本科植物，中文名稱是「早熟禾」。

註6　雀的鐵砲：一年生的禾本科野草，中文名稱是「看麥娘」。

國家圖書館出版品預行編目（CIP）資料

要求很多的餐廳：宮澤賢治經典童話集 / 宮澤賢治著 ; 李毓昭譯 . -- 初版 . -- 臺中市 : 晨星出版有限公司 , 2024.10

面；　公分（愛藏本；127）

ISBN 978-626-320-919-0（平裝）

863.59　　113011564

愛藏本127

要求很多的餐廳：宮澤賢治經典童話集

作　　者｜宮澤賢治
繪　　者｜楊宛靜
譯　　者｜李毓昭

執行編輯｜蔡紫薇
封面設計｜鐘文君
美術編輯｜曾麗香
文字校潤｜蔡紫薇、江品如

創 辦 人｜陳銘民
發 行 所｜晨星出版有限公司
台中市407工業區30路1號1樓
TEL：04-23595820　FAX：04-23550581
http://star.morningstar.com.tw
行政院新聞局局版台業字第2500號
法律顧問｜陳思成律師

讀者專線｜TEL：02-23672044 / 04-23595819#212
傳真專線｜FAX：02-23635741 / 04-23595493
讀者信箱｜service@morningstar.com.tw
網路書店｜http://www.morningstar.com.tw
郵政劃撥｜15060393（知己圖書股份有限公司）

初版日期｜2024年10月01日
ISBN｜978-626-320-919-0
定價｜新台幣199元

印　　刷｜上好印刷股份有限公司

Published by Morning Star Publishing Inc.
Printed in Taiwan